U0644146

日和
hiyori

让 阅 读 成 为 日 常

距离月亮三公里

〔日〕伊与原新 ◎著

米悄 ◎译

湖南文艺出版社

HUNAN LITERATURE AND ART PUBLISHING HOUSE

图书在版编目（CIP）数据

距离月亮三公里 / (日) 伊与原新著；米悄译. --
长沙：湖南文艺出版社，2024.3
（日和）
ISBN 978-7-5726-0947-3

Ⅰ.①距… Ⅱ.①伊… ②米… Ⅲ.①中篇小说—小
说集—日本—现代②短篇小说—小说集—日本—现代
Ⅳ.①I313.45

中国国家版本馆CIP数据核字(2023)第019869号

著作权合同图字：18-2020-142

TSUKIMADE SAN-KIRO
By IYOHARA Shin
© Shin Iyohara 2018
Original Japanese edition published in 2018 by SHINCHOSHA Publishing Co., Ltd.
Chinese(in simplified character only) translation rights arranged with SHINCHOSHA Publishing
Co., Ltd. through Bardon-Chinese Media Agency, Taipei.

日和
hiyori

距离月亮三公里
JULI YUELIANG SAN GONGLI

著　者：〔日〕伊与原新	**译　者**：米　悄
出版人：陈新文	**责任编辑**：夏必玄
封面设计：少　少	**内文排版**：钟灿霞
出版发行：湖南文艺出版社	
（长沙市雨花区东二环一段508号　邮编：410014）	
印刷：长沙超峰印刷有限公司	
开本：710mm×1000mm　1/32	**印张**：10　**字数**：165千字
版次：2024年3月第1版	**印次**：2024年3月第1次印刷
书号：ISBN 978-7-5726-0947-3	**定价**：48.00元

版权所有，侵权必究

目　录

距离月亮三公里

屡战屡败，一输再输。

人在意识到这一点时，往往为时已晚。就像赌博，人生也是如此。

总喜欢虚张声势，故作后知后觉状，不过是一种恶习，骨子里其实就是个懦弱的胆小鬼。

回想年轻时，约女孩子吃饭前一定会先去餐厅踩个点。不是为了去确定那里是否能让对方满意，只是想在遇到意外事件的时候，自己不至于张皇失措，惹人嘲笑。当然，也想向对方展示自己应对自如的熟客派头。总而言之，就是一个自私心重、畏首畏尾的小男人。

也不是没想过：人生若是也能先踩个点，该有多好。

如果能先踩踩点，探探风，就不至于落到这般境地——

不。结局也许是一样的。就算事先踩过点，探过路，约会都未必能够顺利。

所以，几乎没有贸然闯入哪家饭馆用餐的经历。就连刚才去的那家鳗鱼店，也是出租车司机的推荐——"这里保证不会让您失望"——据说，那是滨松屈指可数的名店。一份双层鳗鱼饭要价五千日元。

究竟是不是物有所值，无从判断。因为当吃到第二口的时候，一阵强烈的呕吐感便突袭而至。一想到这种长得像蛇似的东西居然曾是自己的最爱，就更觉得难以下咽了。

浑身虚汗地起身去结账，只听老板娘问道："不合您的胃口？"无言以对，默默地抓过找回的零钱，向门口走去。反手关在身后的店门里面传出了不满的声音："要是连本店的鳗鱼都吃不来，也不知去哪家店才能满意呢！"

秋夜风凉，汗湿的身体感觉冰冷。

饭馆位于住宅街区的正中。想不起来时的路，唯有机械地挪动着双腿。路边街灯寥落，街上人影稀疏，连来往的车辆也见不到。鳗鱼的甜腻气味一直痴缠在鼻腔内外，呕吐感仍然难以抑制。

大概走了十五分钟，一束车头灯光转过街角出现在视野。是一辆出租车，正迎面驶来。刚停下脚步，对方车顶上亮着的行灯就像有所感知似的，突然熄灭了。虽然明白对方已不想载客，但还是举起了右手。

本以为会直接驶过的出租车竟然真的停了下来。这是一辆个体出租车。车灯显示屏上亮着的果然是"返程"二字。驾驶室的车窗降了下来。

"真抱歉啊！"一位面容和善的司机探出头来，"今天已经收工了。"

"……哦……"

只发出一个泄了气般的音节，呆立在原地。

司机伸出脖子看了看，眨巴着眼睛问道："您没事吧？脸色看上去不太好啊。"

"……哦……刚才，吃了鳗鱼。"

"啊？吃坏肚子了？"

未置可否。

司机却想当然地皱起了眉头："那可太糟糕了。"

不知为何，司机突然将上身趴在方向盘上，透过挡风玻璃望向夜空。在那里，升起了一轮近乎完美的满月。

司机转过脸来，笑容略带勉强，轻轻地叹了口气。后座的车门开了。毫无想法地钻进车中，懒得挪到里面，直接在副驾驶后面的位子坐定下来。

"那么，您要去哪里？"司机转过头来问，"回家？还是去看个急诊比较好吧？"

"……不……"需要一点点时间考虑，"先去站前。"

"哦，是要去酒店吗？"司机又一次想当然地迅速得出结论，伸手摆弄起计程器来，"如果觉得不舒服，您随时告诉我。我会立刻停车。"

出租车静悄悄地起步了。个体出租车一般以好车居多，而这辆轿车的车型却相当老旧，实属罕见。坐上去之所以感觉还不坏，大概完全有赖于稳妥的驾驶吧。

"您刚才去的那家餐馆，是叫'黑川'吗？"

似乎是在问鳗鱼店的事情，但是店名已经不记得了。

"……嗯……大概吧。"

"在我们这儿，如果说到吃鳗鱼就应该是'黑川'了。不过，价格也不便宜吧？我只去过一次，很久以前了。跟我太太和儿子，三人一起去的。"

后视镜中映现出司机的脸。看上去五六十岁的样子，稀薄的头发已经全白了。镌刻在眼角的皱纹和下垂的眉尾，让他无论说什么，脸上的笑容看起来都像是带着一丝苦恼。

"不过话说回来，吃鳗鱼倒是很少会食物中毒啊。是不是因为太过油腻，伤到了肠胃？如果只是这样倒还好说。"

不一会儿，车子就行驶在了大马路上。过了桥，道路两侧的楼宇建筑开始增多。时间已经过了十点半，但来来往往的车辆依然不少。滨松车站大概马上就要到了。

"请问是哪家酒店？"等信号灯时司机问道。

"……不对……"突然想到，这个时间已经没有新干线列车了，"还是，去东名吧。"

"东名？上高速？您要去哪里？"

"……富士山。鸣泽村。"并不了解更详细的信息，稀里糊涂地就想到了。

"现在要到那种地方去？这可有点……"

"多少钱？"

"哎呀……"司机挠着头，"从滨松收费口上高速，到富士站收费口下，然后还有相当一段路程……没有五万下不来啊。"

掏出胡乱塞在裤子口袋里的纸币。三张一万日元的加上两张一千日元的。司机从后视镜中看到这情形，按下了计程器的按钮。

"总之，我先把计程器关掉了。现在要去富士山，我实在去不了。还请谅解一下。"

司机继续直行了一段路之后，找到一处已经打烊的店铺，将车子开到了店前的空地上。这里是一家药妆店的停车场。店铺门窗的卷闸已经拉下，四周一片漆黑。

刚从衬衫胸前的口袋中摸出一盒香烟，却见车门又开了，"抱歉哪，车内禁止吸烟。"司机说道。

下车，点燃了香烟。司机也下了车，车子没有熄火。

"怎么办？需要帮您叫别的车子吗？"

摇了摇头，将两张千元的纸币塞到司机手里："……不用找了。"

香烟寡淡无味。只吸了两口，就丢在地上碾灭了。动作中，感觉脚下的鞋垫又错了位。这双合成皮的鞋子是家附近一间服饰店里的打折商品。坏的也不是一般地快。

司机把纸币攥在手中，些许眯着眼睛看向我这边。可能是对我感到疑惑吧，但他的表情看上去仅像是在浅浅微笑。

"为什么要在这个时间去富士山呢？"司机问道，"看您也没带行李，看上去不像是去旅行，也不像是去工作。"

白衬衫，长裤。没穿外套，没系领带，也没拿背包，甚至连钱包都没带。旁人见了，当然会感到奇怪。

"……踩点。"下意识地，又叼起了一根香烟。

"踩点？为了什么？鸣泽村那种地方，除了冰洞和树海，什么都没有啊！啊……"

说到这里，司机突然像是明白了什么。他尽力扬起嘴角，说道："不会吧……您说的，不会是为了自杀而踩点吧？"

不自觉地喷出一口鼻息。虽然被对方抓住了重点，但从陌生人嘴里说出的"为自杀而踩点"，如今听上去却显得愚蠢且滑稽。

"哎，我说，请您否认一下嘛！"司机的脸颊抽搐起来，"想在这个时间，到青木原树海那里去自杀？不会是这种事吧？"

"……所以需要踩点啊。"

"……您是认真的吗？"

"没事了，你走吧。"吐掉了衔在唇缝间的香烟。

"哎呀，这可不好办哪——"司机呻吟般地拖长了尾音，"您别这样嘛，偏偏还要在这样的晚上。"

"……这样的晚上。"喃喃地重复了一遍。

"是啊，您看，"司机仰头望向夜空，"您请看，多美的月亮啊！昨天是中秋节，但今晚是望月——更接近于满月。月龄①15.4。"

司机的神情好像在说：瞧，月亮在看着呢。也不知他是别有深意还是漫不经心，只让人觉得古怪。无心回应，朝路的那边走去。

"哎，您再等一下嘛！"

---

① 指从新月起各种月相所经历的天数，并以朔望月的近似值29.53日为计算周期。

身后传来司机抬高了的嗓音。随他叫好了。车资已付，没有义务再搭理他。

"好吧。既然这样，也没法子。虽然我去不了青木原，但我知道附近的一个好去处，您要不要去看看？"

不自觉地停下了脚步，但有些不能确定对方的意思，"好去处……？"

"就是自杀的绝佳地点啊！请您去踩踩点，看看是否合您的意。"

认真地看了看司机的脸。这人，究竟在说些什么啊……

"不用付车费。因为，我正好也打算往那个方向去。"

出租车上了国道。行驶在同向三车道的公路上，司机继续唠叨着："要说必不可少的条件，应该是那什么吧，偏僻。尽量不为人知。接近树海的那种感觉。我觉得我能明白。卧轨那些吧，挺让人犹豫的，因为，也给别人添麻烦不是？"

路标上出现了"天龙 滨北"的字样。似乎是在向北方行进。

并没有真心接受司机的意见。只是，找个地方住一晚，也不可能睡得着；安眠药已经用光了；也没有心情喝酒。因此，与其躺在廉价旅馆的床上，盯着天花板上的污渍发呆，还不如坐在车里摇摇晃晃来得好些。

"所以，我觉得我们现在要去的地方非常合适。据说在这一带，那里也算是著名的自杀胜地了。是一座水库。天龙川的佐久间水库。您知道那里吗？就在饭田线路上的佐久间那一站……哎，对了，请问，您是从哪里来的？"

"……名古屋。"动脑筋太麻烦，索性就说真话了。

"哦，那您一定知道佐久间水库。也算是日本数得上的大型水库了！"

"司机先生去那儿做什么？"

"我？我去水库没啥事。我要去的地方更近一些，还没到水库。也同样是天龙川沿岸的某个地点。可以先让我到那里站一脚吗？"

"……嗯。"

"对了，"司机迅速地转了一下头，问道，"食物中毒，已经没事了？"

"……嗯。"虽然不是食物中毒，但是呕吐感已经消失了。

"这倒是有点那个，您一定很喜欢吃鳗鱼吧。因为……"司机停顿了一下，好像在选择合适的措辞，"在这种时候，还要特意到黑川去。"

前半截倒是猜中了，但是后面这句却略有出入。

决定朝富士山方向去，只是几个小时前的临时决定。从前天开始，就觉得自己随时都可以去死。而在考虑死的地点时，脑海里突然浮现出以前曾在电视上看到过的青木原树海的景象。于是，完全像是一种强迫性思维，一系列行动都被一种非去不可的想法驱使。现在一想，连司机都猜得到自己的目的。自杀等同于树海，真是幼稚到令人汗颜。

可是，这两周以来，发生了很多类似的情况。想到的事如果不去落实或者尝试一下，就像是有什么事没有完成似的，会心神不宁。胆小鬼的思考能力一旦下降，大概就会这样吧？或许，只是一种神经质罢了。

晚上八点之前，子身一人离开了位于名古屋市荣町的"yashiro 商务酒店"。虽然号称是商务酒店，其实不过是厕所和淋浴间都要共用的廉价旅馆。看上去长期住客比较多，如果提前支付一周的住宿费，一晚约合一千九百块。离开时，只将香烟和现金塞进了口袋，手机就留在了房间里。电池耗光之后一直没充电，也不知还能不能用。上个月末该缴的话费也没缴。

没有任何计划，自然也没带相应的物品，只想着能到鸣泽村就好。在名古屋车站买好了到新富士站的车票，乘上了回声号列车。

就在新干线列车穿过滨名湖的时候，突然想道：啊，鳗鱼。倒不是因为肚子饿。自己早已忘记了有食欲是什么样的感觉。只是想起鳗鱼饭曾经是自己最爱吃的食物。如果就这样错过的话，未完成的事只会又多一件。列车在滨松站停车时，鬼使神差地跳下火车，上了出租车，听从司机的推荐，去了那家名叫"黑川"的餐馆。

红灯。车停了下来，司机降下车窗，将头伸到外面，看着后面的天空。

"好个万里无云的晚上。"司机满意地自言自语。好像是在确认月亮的状态。

变灯了，车子又开动起来。对向的车辆开始减少。沿路，一些低层公寓混杂在已熄灯的店铺之间，渐渐变得醒目起来。

"您知道吗？"司机脸朝前方开口问道，"月球呢，朝向地球的永远是相同的一面哦。"

"……哦……"以前好像听说过。

"所以，我们看到的月亮总是一个模样对不对？比如所谓的月兔。那一片阴影部分，其实叫作月海，是熔岩扩散之后形成的比较平坦的地形。月球的背面，从地球这个角度是看不到的。有表有里这一点，真有点像人类呢！"

表和里……

告诉父亲自己跟祐未已经离婚时，父亲评价了她一句："果然是个表里不一的人啊。"尽管明白父亲的意思，但还是觉得他说得不对。祐未只是一个普普通通的女人，这样的女人随处可见。拥有适度的善良，也有必然的算计。她并非表里不一，也没有什么背后的面孔。让她做出那种决断的，不是别人，正是我自己。

结婚时三十三岁。想来已经是十五年前的事情了。那时，祐未才二十三岁。先迷上她的，也是自己。看着这个被分配在自己手下的实习设计师用略带撒娇的嗓音，事无巨细地提出疑问，样子着实可爱。意大利菜，寿司，烧烤，请她吃了几顿饭后便顺理成章地开始了交往。无论是选择餐厅还是行为举止，在刚从专科学校毕业的祐未看来，自己都表现得相当成熟有范儿。当然，这要归功于不辞劳苦的反复踩点。

第一次将祐未带回岐阜老家时，父亲并没有好脸色。虽然他提出了一堆意见，诸如太年轻、感觉轻浮、不够稳重之类，但那些都不是重点。父亲不满意的，是她美术专科学校毕业的身份。对于父亲来说，学习设计无异于玩乐。他大概觉得，祐未配不上自己大学毕业的儿子。

由于父亲反对，本打算自作主张，只登个记就行了，但是母亲不同意。她无论如何也要让自己的独生子办个像样的婚礼，便努力地说服了父亲。最后，我们在名古屋市内的一家酒店，举办了一场规模还算盛大的婚宴。身穿燕尾服的父亲面对亲戚的祝酒，始终摆出一副不情不愿的表情。比新郎年轻十岁的新娘确实娇美靓丽，此等艳福也曾让朋友们羡慕不已。

当时还在东海地区规模最大的一家广告代理公司工作。婚后第二年就被提拔为创意总监。在同辈当中是最早获得升职的。虽然不无压力，但是想到能够在自己的掌控之下制作广告，也有说不出的欢喜，喜悦最终战胜了担忧。

薪水当然也跟着水涨船高，于是，便在名古屋市内的一座新建公寓中买了一套三居室。父亲不出所料地表示反对："有必要那么奢侈吗？"因为本来就没打算寻求家里的资金援助，自然对父亲的反对充耳不闻。盘算着将来可以拿退休金还清全部余款，大笔一挥，签下了三十五年的贷款合同。

事先也跟祐未商量好，几年之内不要孩子。最重要的理由是她还年轻。让她为养育孩子而操劳，有些于心不忍。另一方面，私底下也想多享受一下二人世界。祐未自己似乎也觉得没有必要急着生育。

因为祐未没有辞掉工作，所以家庭收入相当可观。虽然工作比较忙，但也充分享受了下馆子和旅行的乐趣。钱只花在两个人身上，没有任何担心。工作和生活，一切都称心如意。

"您知道吗？"

司机又开口了。明快的声音里还夹着些许来历不明的得意，"很久很久以前，月球是没有表里之分的。那时，月球自转的速度比现在要快，所以，所有的面都会亮给地球看。话虽如此，其实，会看月亮的人类当时还不存在。因为，那真的是很久很久以前，大概是数十亿年前吧。"

数十亿年——对这个时间完全没概念。

司机兴致十足地继续说道："经常有人会误以为，现在的月球之所以总是以同一面朝向地球，是由于没有自转造成的。其实不然。造成这种现象的原因在于，月球的自转周期跟公转周期是一致的。月球每27.3天绕地球一周。同样的27.3天，月球本身也会自转一周。非常缓慢。远古时期的月球，自转得会更快一些。而因为地球潮汐引力的缘故——正确来说，叫作潮汐力矩，潮汐力矩会对自转的转速产生制动作用。这种制动行为一直持续到月球的自转周期和公转周期达到一致。该现象叫作潮汐锁定，很多卫星通常……"

目光移向车窗外。夜沉如墨。只有便利店和餐馆的灯光惹人眼目。填充在建筑物之间的暗影，应该是

16

一些水田或旱田吧。道路朝右手方向折转了个大弯。转头向右后侧，透过后车窗，看得见夜空中的月亮。

与祐未的生活开始发生变化，是在第五个结婚纪念日那一天。

两个人在法式餐厅吃过饭，回家的路上，祐未突然提出想辞去工作，想生小孩。当时她已经接近三十岁，开始有这样的想法也很正常。但也有可能，祐未真正想要的不是孩子，而是一个辞职的借口——这个想法在脑子里一闪而过。那段时期，祐未越来越多地开始抱怨公司同事。大概是人际关系也让她疲惫不堪。三个月后，祐未辞去了工作。

其实，在同一时期，自己也开始对公司产生了很多不满。工作上倒是顺风顺水。拿到了好几个大项目，自信为公司做出的贡献无人能及，却感觉公司并没有对自己做出更为公正的评价。换言之，自己的收入和职位被过于低估了。现在回想，那些牢骚并不客观。实际上，作为创意总监，在为提高业绩而殚精竭虑的过程中，公司已经尽力给出了相应的待遇。但这个显而易见的事实，在当时却被有意无意地忽略了。

开始认真考虑独立创业，是源于某位客户的一句话。那位统领着名古屋数一数二的餐饮集团的社长说："你也该考虑出来单干了吧。到时候，本公司的业务全都转给你去做。"酒桌上的一句戏言就这样被当了真。带上一个公司晚辈——一直仰慕自己的艺术总监，悄悄开始着手筹备。年届四十，能够称王称帅，统领一方。只能说，当时只顾盲目地沉浸在这样的美梦当中。

接下来便忙得不可开交。每天都是深夜归家，直接摸上床倒头就睡。当然，也把情况都跟祐未交代过了。不是商量，而是宣告。告诉她，自己决定独立创业。祐未并未如想象的那样表示反对，却开始经常抱怨她的生育计划没得到应有的支持和配合。

经过各种努力，公司的筹备工作逐步推进，然而，就在半年之后终于可以开业的当口，雷曼危机突然爆发。尽管处于地方城市，但广告业界会遭受沉重打击，是谁都可以预见到的后果。周围全是反对的声音，大家都说应及时收手。

那时就应该果断地踩下刹车，却缺乏勇气。不想让人以为自己会为此退缩。就是要在不景气的时候主动出击——翻出这条实业家的名言，不过是为了拼命让自己相信能够成功。不敢直面现实，索性闭上了双眼；怕听警示之音，干脆捂住了耳朵。

如果真的只是一个懦夫，或者一个真正意义上的勇者，在那种情况下，一定会选择全身而退。而自己虚张声势的胆小鬼本性，却在人生最重要的关头暴露无遗。

开业之后两年的时间里，公司勉强还能维持。靠的是那家餐饮集团，以及在原公司工作时认识的客户零零星星转来的几单业务。但是，那些说白了不过都是开业贺礼而已。一轮过后，所有客户都像是履行完某种义务一样，干净利落地销声匿迹了。

为了揽单，开始四处奔走，自己并不熟悉的营销工作也必须亲力亲为。但是，在各企业都在大量削减广告成本的形势下，开发新客户更非易事。到了第三年，已经基本接不到什么生意了。虽然这种情况在当时也不算新鲜。不得不亲自致歉，辞退了开业时雇的两个员工。只有从原来公司跟过来的那个晚辈留了下来。

由于公司经营恶化，与祐未之间的关系也越来越冷。一开始，祐未还很关心公司的经营状况，经常过问。也许在那时坦率地认输会比较好。但自己却只是一脸不快地用几个字打发她。或许是觉得厌烦，或许是死了心，渐渐地，她什么都不问了。

焦虑开始增加，又拾起了结婚时戒掉的烟。本该外出营销的日子，回过神来，经常发现自己只是坐在电脑前发呆。虽然没有工作做，回家却很迟。因为每天晚上都会泡在小酒吧里消磨时间。即便如此，祐未也没说过什么。现在想来，那时她大概已经不抱什么希望了。不知从何时开始，也不再追问打不打算生小孩之类的问题了。

还没等到第四年，公司就倒闭了。最后那天晚上，与同甘共苦过的晚辈一起，在一片狼藉的办公室里喝着罐装啤酒。晚辈流下了眼泪。万幸的是，他的新工作很快就有了着落。事到如今再回想，唯有这件事是最最值得庆幸的。

三个月后，祐未将离婚申请书放在了餐桌上。她的表情非常平淡，"我这边，还有机会重新开始，也还能生小孩。我没别的要求，只希望你马上盖章。"早已有了心理准备，因此丝毫未感到惊讶。只是"我这边"这几个字，在头颅内侧激起了痛苦的回响。将离婚申请递到相关机构，是即将迎来第十个结婚纪念日的两天之前。

听说，短短半年之后，祐未就在自己的家乡丰桥再嫁他人。也许在离婚之前，她就已经与对方有了交往。不过事已至此，那些都无所谓了。

就这样失去了一切。剩下的，只有那套一个人住起来显得过大的贷款公寓，以及独立创业时欠下的债务。负债加在一起超过了七千万。

向广告业界的相识求助，希望能够找到再就业的机会。代理店、PR公司、企业宣传部。但是无论哪个公司都会觉得，将一个四十出头、创业失败、自称创意总监的人招入公司，实在不好安置。没有地方肯接收这样的人。

已经不再拥有根据自己的喜好去选择的资本。没有挑选的余地，能找到事做才是当务之急。对此心知肚明，却万般不甘。如果天天跑劳务市场去找工作，那就意味着彻底否定了自己如今的价值。这样的现实让人实在无法接受。所以，每天早上在即将开张的弹子房门前排队，成了例行般的活动。

靠积蓄度日的生活终究撑不了多久。还不到一年的时间，日子就开始过得捉襟见肘。

"您知道吗？"

司机第三次展开话题。他的双手稳稳地握住方向盘，正视着前方。

"月球呢，正在逐渐远离地球。"

月球在远离……昏昏沉沉的大脑中，这句话听上去更显得有些不真实。

"是不是很吃惊？但这是事实哦。月球正在以每年3.8厘米的速度，与地球拉开距离。原理稍微有些复杂，但是从本质上来讲，跟刚才我所说的那些是相同的道理。月球的潮汐引力也会影响到地球，对地球的自转产生轻微的制动作用。作为反作用力，月球会加速公转。随着月球离心力的增加，一点一点地，公转轨道就会变得越来越大。"

汽车的行进遇到了红灯的阻拦。司机又将车窗降到了底。外面的空气扑进车内，带着青草的味道。

"所以，远古时代的月亮看上去更大。当然，那时候人类还没出现。现在，地球距离月球大概有三十八万公里。但是在大约四十亿年前，也就是说，在地球和月球刚刚诞生之后不久，间距大概还不到今天的一半。从地球看到的月亮，比现在要大上六倍还要多哦！"

司机又将头探出窗外，伸颈仰望着后面的月亮。

"是这个的六倍哦！六倍！大概用肉眼都能够清晰地看到环形山呢！一定非常令人震撼。"

听着听着，心中开始产生一个疑问。这人，究竟是什么来头？为什么会知道得如此详细？难道他最近刚刚去过天象馆？或者是个天文爱好者？除此之外，想象不出其他的理由。

车子又开动了。司机的声音在意识当中渐渐远遁。目光转向身边的车窗。车子正在经过高速公路上的高架桥。大概是新东名。过桥之后，被黑暗占据的领域陡然增多。在开阔的平地上，星散着一些工厂厂房和住宅建筑。

虽然同样属于郊外，但是与老家的周边完全不同。岐阜市山地更多，路更窄，村落也稍微显得更密集一些。

生在岐阜，长在岐阜。老家位于岐阜市北郊的一座田畴遍布的小镇。房子就建在省道边上，是一栋平房，在房后也有水田和小块的旱田。据说，那片水田是世代为农的家族仅余的最后十亩地。父亲一直觉得，作为一家之主，他有义务将这十亩地守护下去。

从年少时起，就与这样的父亲相处得不够融洽。

父亲出生于卢沟桥事变那一年，高中毕业之后，成为一名市府工作人员，长年供职于水利局或水利事业部之类的部门。

平日里，父亲每天早晨五点钟起床，下田劳动之后再去上班。下班以后径直回家。晚饭时会喝一瓶啤酒，饭后看一个小时的 NHK 电视节目，然后洗澡，九点半就寝。母亲为配合父亲的作息，事事都要赶在丈夫之前，默默地做好准备。她似乎早已放弃了享受举家团聚之乐。周末，父亲专事稼穑，在水田和旱田中耗上一整天。一直到退休为止，他的生活图景就像是印章刻出来的一样，一成不变。

所以，别说是家庭旅行，记忆当中，连附近的公园都没被父亲带去过。用勤劳来形容父亲固然好听，但看上去，他其实只是不懂得娱乐罢了。

虽然寡言少语，但是对独子的干涉和束缚却只多不少。只要一张嘴，就是各种否定。至少给我的感觉是这样。进入青春期以后，父子之间龃龉频生几乎是不可避免的。作为儿子，想做的事情永远也得不到批准，被迫做的又都是自己不愿意做的事情。下田帮忙。上这所高中。不许打工。电动摩托车没必要。诸如此类，几乎在所有事情上都会起冲突。

高中三年时，父子二人为了大学的申报问题发生了激烈的争吵。父亲或许因为他自己仅为高中毕业，颇以为憾，一直要求儿子升入一所好的大学。而在父亲的心目中，好大学只有一所，就是当地那所国立大学。

上当地的国立大学，毕业之后，进入当地的好公司——最好能在县政府或者市政府①工作。这就是父亲心目中的理想人生。也许，说它像是父亲人生的升级版才更合适。父亲固执地认为，将儿子引导到这条道路上是他作为家长的责任。

从学习成绩上来看，这种规划并非不能实现。但年轻人当然会有自己的想法，心中还充满着对东京的向往。为了参加东京一所私立大学的考试，父子之间又起了争执。最终能够如愿以偿，多亏了母亲的协助。

---

① 日本的一级行政区划包括都、道、府、县，下设市、町、村等。

她哭着恳求父亲："孩子为了实现自己的目标在拼命学习，就让他去做自己想做的事吧。"

最终考入了位于御茶水的那所大学。入学之后，跟大多数学生一样，拿着生活费整天吃喝玩乐。当时刚好处于泡沫经济时代，学生们也变得浮夸起来，约会和买衣服时花钱毫不犹豫。大一时的暑假，拿到了驾照，为了能够带女孩子去滑雪，在冬天到来之前，买了一辆二手的本田序曲。

课也不怎么上，一心只想着打工挣钱。只要有时间就泡在游戏厅里玩弹子机，或者到别人租住的公寓里去打麻将。吸烟也是那段时期学会的。几乎不再回岐阜老家。从种种表现来看，无非是一个任性娇纵的公子哥。

到名古屋工作的理由有两个。一个是在东京的求职活动并不顺利。另一个是为了母亲。大学三年级的时候，母亲因多年的心肌病变做了手术。后来虽然康复，但是住得太远难免牵挂。如果住在名古屋，只消一个小时就能回老家。

但是，关于工作，父亲却不厌其烦地反复劝诫。因为他对广告代理本身就不看好，总觉得是个靠不住的公司，无论怎样向他解释工作的内容，他都无法理解。最后甚至说，"你大概觉得在这种公司工作看上去挺有面子的，但实际上，不就是敲锣打鼓赚吆喝的营生吗？"

　　工作之后，每年回家三四次。结婚之后，减少到一两次。祐未也不想去岐阜。每次见面都会把"还不要孩子吗"挂在嘴上的父亲，大概也让她望而却步。

　　辞去工作独立创业，事后才通知父亲。父亲板着面孔，责怪儿子"想得太天真"。但那还算好的。公司倒闭，最后发展到离婚，这些事将近一年都缄口不提。因为自身的精神已经接近崩溃，如果再受到父亲的责难，恐怕就真的完蛋了。

　　但是，眼看着储蓄见了底，再也不能隐瞒下去了。拖着沉重的脚步回到老家，将情况告知双亲，生平第一次主动向父亲低下了头。父亲的第一句话是"丢人现眼"。只能听着，根本无法抬头。母亲受惊不小，呆呆地愣在一旁。只有父亲冷冰冰的声音还在继续，"简直就是家族的耻辱"。

　　退掉了名古屋的公寓，搬回了老家。四十四岁的人，却要依靠父母的退休金生活，心底感觉极为不堪。归根结底，自己仍然是个扶不上墙的公子哥，只是徒增了年岁而已。之前只是机缘巧合，偶然走运，才在判断力和实力都不具备的情况下得以任性而为。

　　将"不要给别人添麻烦"奉为圭臬的父亲，非常忌讳借钱这种事。决定将公寓拍卖。父亲也默默地卖掉了祖上的水田。在决定放弃家族最后的十亩地时，父亲究竟是怎样的一种心情，自己最终也没能明白。两处田产都被杀了很多价，经过大约半年的时间处理掉。借款还剩下两千五百万。

开始到邻市的超市去打工。之所以没在家附近找工作，是因为不想见到过去的朋友。以计时工的身份一周工作五天，一天八小时。休息日也开始干临时工，做交通协理员。不再接近弹子房，过半的收入都用来还债。

并非开始积极向上，只是感觉让生活规律起来，就会减少一些不安。突然发觉，总是让身体处在一种疲劳的状态里，可以避免胡思乱想。或许，父亲过去也是一样。为了掩盖和保护脆弱的内心，将名为认真本分的铠甲披挂在身。这种怯懦，是遗传自父亲吗？如今，时不时会冒出这样的想法。

母亲突然病逝，是在那之后的一年。

"您知道吗？"

恍惚意识到司机又在说话。

"这前面啊，有一处距离月球最近的地点哦！"

距离月球最近的地点……

听到的似乎是这样，难道耳朵出了什么毛病？不然的话，一定是司机有问题。搞不好，他之前说的那些话也都是鬼扯。无心追问，只是心不在焉地胡思乱想着。

"您是不是认为，我说的话很奇怪？"司机笑嘻嘻地继续说道，"也难怪。不过，到了那儿您就知道了。其实啊，那里就是我刚才说的想去的地方。大概还有十分钟就到了。"

周围的景色不知何时开始发生了变化。道路变得更窄，左右两侧已经开始靠近低矮的丘陵。甚至让人有种错觉，觉得自己回到了岐阜。

那天晚上的情景又浮现在脑海。正忙着闭店前的各项准备时，接到了父亲的电话，得知母亲倒地不起。慌乱之间，连店里的围裙都来不及解下来，就开着车一路狂奔，将母亲送进了医院。到的时候，母亲的心脏已经停止了跳动。根据医生的说明，死因是心肌病变造成的致死性心律失常。父亲说，母亲刚刚洗完澡从浴室出来，就突然按着左胸倒下，失去了知觉。

葬礼结束后的几个星期，几乎不记得是怎么过的。大概一直处在恍惚的状态之中。后来几个星期，开始在悲痛和悔恨里日益消沉。最终没能让母亲安心离去的尴尬事实，变成一种钝痛，牢牢地盘踞在心中。

父子二人的生活开始让人感觉沉重难耐，是在几个月之后。两个人吃的几乎都是自己工作的那家超市卖剩下的特价品。餐桌上没有任何对话。父亲在退休之后偶尔会做一点家务，但是自从母亲去世，他突然什么都不做了。原来每天都会到房后干点农活，现在也几乎停了手。越来越多的，是呆呆地盯着NHK的节目看。而母亲的死从父亲那里夺走的，不只是体力。

父亲的健忘愈发严重起来。直到前年七月份才确认他患的是老年痴呆症。那天下班回家，惊觉父亲的房间热得要命，发现空调居然开着暖风。拿起遥控器正准备调成冷风时，父亲大发雷霆。无论怎么跟他解释，他都固执地认为"现在才三月"。

自那以后，父亲的认知痴呆症状开始急剧恶化。一些本来会做的事情开始不会做了，连正常的对话都难以进行。他开始翻垃圾桶，吃一些腐坏的饭菜。早上七点半，还会穿上工作服准备到市政府去上班。把父亲一个人丢在家太久，实在是不放心，交通协理员的工作只好放弃，超市的工作时间也尽量地缩减。

没有别人可以依靠。住在四日市的姑姑——与父亲年龄差距较大的妹妹，还要看护自己的公公，根本无法脱身。而根据市内有关机构提供的信息来看，那些价格比较低廉的养老院等公共设施全部爆满，排队等待入住的人还有一大把。

渐渐地，父亲连如厕都需要协助。糊里糊涂地出门迷了路，最后被邻居带回来的事例也屡见不鲜。很快，就发展到人不能离开半步。这样一来，连超市的工作都要辞掉了。最后告别时，只有店长那句"你工作非常努力，本来已经考虑录为正式员工"，算是给了自己某种安慰。

父亲不再到处去寻找母亲，也开始认不出儿子了。帮父亲清理大小便，擦洗身体的时候，父亲经常会问："你是福利部的人吗？"似乎，他把自己的儿子当成了市政府派来的工作人员。

父亲一整天都需要人照顾。夜里也会时不时地闹起来，谁都睡不了整觉。面对越来越任性乖戾的父亲，自己的动作也不自觉地开始变得粗暴起来。一来二去，父亲闹得更凶。每天像是搏斗一般的日子持续了将近两年。身心的疲劳已经接近顶点。

就在那天。那天是母亲的忌日，佛龛前供上了斋饭。父亲抓起供品就要往嘴里塞。若是放在往常，大概就由他去了，但是那天，父亲从早上开始就不停跟自己作对，让人心情十分烦躁，忍不住攥住他的手腕去制止，没想到却被父亲反手抓住。用尽全力挣脱开之后，一拳捣在了父亲的脸上。摔倒在地的父亲又失禁了。一股骚臭味儿飘荡在空气中。看着尿液渗进榻榻米的缝隙里，眼泪再也止不住，扑通一声跪倒在地，失声痛哭起来。

很明显，已经到了极限。想从这个世界消失掉，想丢下父亲一走了之。却没有勇气去付诸实施。所幸母亲过世后，父亲把名下剩余的地产全部过户到了儿子名下，说是以防万一。找到买下水田的那家不动产公司商谈，请对方买下了剩余的土地连同房产。金额比市价低了很多，但是已经无所谓了，只要可以立即套现就好。用这笔钱加上父亲的储蓄，付了高额的入住押金，将父亲送进了岐阜市内的一家民营养老院。那是上个月，也就是九月初的事情。

心里也明白，这不是一个正常的决断。也许别人会说，一定还有更好的方式来解决这件事。但是，已经无法考虑将来的事情。一心只想从所有的现实当中逃离出去。

真是不可思议。失去了母亲，摆脱了父亲，抛弃了家园之后，似乎连自己的存在都变成了半透明状态。没有任何目标，却朝着名古屋的方向进发。想以这种稀薄的存在形式溶于都市的混浊之中。行李只有一件，原本放在家中壁柜里的一个旧旅行袋。将二十几万日元的现金也塞了进去。那是自己的全部家当。在荣町的"yashiro 商务酒店"订了房，游荡于繁华的街市中。

大概两周之前，站在一家房屋中介公司的门口，漫不经心地扫视着张贴在外面的租赁信息。一位女店员热情邀请入店，准备进行一番详细推介。神情恍惚地跟着她进了店内。照例要填写申请表格。写下姓名之后，到了年龄那一栏突然愣住了。这才意识到，就在一个月前，自己已经过了四十九岁的生日。一个已近知天命之年的大男人，借住在连浴室都没有的廉租房里，从事着日薪微薄的工作，努力返还着两千多万的债务。这样的人生究竟有什么意义呢？默默地放下圆珠笔，离开了房屋中介所。

已经不想去找工作了。经过游戏厅门前的时候，感觉到的只有嘈杂。所有的一切，都是虚空。

回到又窄又脏的房间，开始想到死。开始考虑在世上还有什么未竟的心愿。

"您看！"

司机的声音将人拉回到现实。

"天龙川。就在路左侧。"

扭头看去，只见树丛的那边是一片漆黑的平面。孤零零地点亮在对岸的灯光在平面上拖出一条光带，微微地摇颤着，表明那里是水域。

"下游不远处有船明水库。"司机伸出大拇指朝后方指了指，"这一带比较容易积水，所以水位高，河面也比较宽。"

确实。水位大概只在道路的两米之下，到对岸足有一百米以上的距离。与其说是河，感觉上倒更像是一处细长的湖泊，车子仿佛正沿着湖畔行驶。

"沿着这条河走，很快就到了！"

是的，很快就要到了。

真的再没任何未竟的心愿了吗？

养老院的月租金会从父亲的退休金里面扣。父亲可以在那里一直住到死。大概吧。

母亲的牌位和遗像放在了父亲在养老院的房间里。对了，应该给院方留一个四日市姑姑的联络方式才好。

要不要给祐未写点什么……嗐，何必多此一举呢。没理由扰乱别人的幸福。

也许是因为想起了祐未的缘故，突然想到，如果有孩子的话会怎样。能不能生活在一起暂且抛开不论，自己会丢下孩子去死吗？也许，哪怕吃泥啃土，也要尽力重建自己的人生吧……

算了。想这些也没用。不曾为人父，从未体验过舐犊之情，这种想象毫无意义。

河流沿岸林木成排的绿地消失了。隔在左侧的河面与柏油路面之间的，只有低矮的防护栏。渐渐陷入一种错觉，仿佛出租车正在黑色的水面上滑行。道路的右侧是山，树影绰绰，仿佛要斜插过来。

前方可以看见隧道的入口。那里似乎稍微与河道拉开了些距离。司机在隧道前打开了左转灯。左侧似乎还有条岔路。

出租车变更车道靠向左侧，进入了岔路。这条细窄的小路跟刚才一样，依然沿着河边铺展开来。

道路悠徐地向右方画出弧度。转弯过去，前方可以看到一座红色的铁桥。正在这时——

"快瞧！您瞧那个！"

司机抬高了嗓音，将食指指向车顶。

"看到了吗？"

"没有……"他指的是月亮吗？

"再开慢一点就好了。等下停车。咱们过去看。"

车子开到铁桥桥头，路肩上有一处比较宽敞的空地。司机将车子停了下来。一起下了车，朝着来路折返回去。没有路灯，司机用手电筒照亮脚下。看得出是有备而来，也许已经来过很多次了。

闻得到河水的气味。或许由于前面的水库拦腰截住了川流，听不到水声。走着走着，眼睛逐渐适应过来。周围并不是完全的黑暗，还有月光。

抬起头来，只见正前方浮起一轮满月。

大概是颜色的缘故，它看上去像是一轮清冷的、放射出硬质哑光的混沌冰球。比之黄色，倒更接近于青白。不过，月亮原本应该是什么颜色呢？

"今天的月亮真的很不错啊。差不多刚好位于中天。"司机仰头望着天空，"昨晚一定下了一夜的雨，所以空气的透明度才会这么高。"

也许吧，但还是不懂。为什么要说这里是距离月球最近的地点呢？

又走了五十米左右，司机站住了。他回过头来，将手电筒对着上方照过去。

"快看，就是这个。"

安装在立柱上的一块蓝色的金属板，是道路标志牌。用手电筒的光也可以很清楚地看到上面的文字：

"月 Tsuki[①] 3km "

——距离月亮三公里……

确实是这样写的。瞬间迷惑了，不知自己是不是遇到了狐仙。

"看，我没骗你吧？"司机抬头看着标志牌，得意地说道，"只有三公里哦！毫无疑问，这里是地球上距离月球最近的地点。"

难道，这位司机是狐狸？认真地看了看对方的侧脸。

---

① 在日语中，"月"的发音写作罗马字为"Tsuki"，类似于中文中的拼音。

司机也转过脸来看着这边，眼角的皱纹更深了。

"其实啊，刚才那座铁桥的前面，有一个名叫'月'的小村子。滨松市天龙区月村。"

"哦……"原来是这样。

"很少见的地名对不对？我生在滨松，之前却一直不知道还有这么个地方。"

司机走近河边，在防护栏上轻轻地坐下来，抬头看着月亮。

"自从我知道了这个路牌之后，满月的晚上肯定会来这里。"

"肯定……为了赏月？"

"不是，不只是为了赏月。"

朝司机那里走近了一些。倒映在河面上的月亮摇摇晃晃。隔开1.5米左右的距离，将臀部搭在了防护栏上。跟司机一样，抬头看着月亮。

如果说有三十八万公里的话，看上去确实像。但如果说它就在三公里之外，感觉也没错。今晚的月亮，看上去很近。

抽出一根香烟，点燃。果然还是没什么滋味。

"请问，您有孩子吗？"司机问道。

"……没有。"

"哦。那，我也不知道您能不能理解我的心情……"

司机突然有些难为情地搔了搔鼻子。

"我觉得，养育孩子，就有点像月亮。父母是地球，孩子是月球。"

"……啊"

"您知道吗？实际上，月球有可能诞生自地球哦！一个火星大小的小天体撞击到原始地球，飞散的碎片聚集在一起，形成了月球。虽然这还只是一个假说——大碰撞说。"

没听说过。甚至，连想都没有想过月球是怎样诞生的。

"刚才我也说过，当年，婴儿月球就在地球的旁边。小的时候，月球天真无邪，轱辘辘地围着地球旋转，所有的面都会亮出来给地球看。高兴的、悲伤的、赌气的、快乐的、寂寞的，所有的面孔。但是随着时间的推移，月球渐渐地离地球越来越远，也不大转动了，慢慢地就开始出现了不给地球看的那副面容。不是说背面的一定不好。只是孩子不想给父母看到的那一面吧，就像月球的背面。"

自己又是如何呢？大概从十岁开始，自己的想法和感情就不会告诉父亲了。父亲也没有想了解儿子的想法的意愿。一方只是简单粗暴地提出要求，另一方也不问青红皂白地一味拒绝。如此反反复复。

"虽然知道那是成长的标志，但是，还是会让人觉得很伤感啊！"

"……伤感，会吗？"自己的父亲似乎原本就不具备那种情感。

到目前为止，没有一辆汽车驶过这条岔路。视线飘向右侧，主干道上偶尔会有车头灯朝这边逼近，但是随后就全部消失在了隧道方向。

"我啊，"司机说道，"在开出租车之前，住在东京。是高中的地理教师。"

"啊……"意料之外，却在情理之中。

"小时候我就特别喜欢研究宇宙啊，天体啊之类的。大学也朝着这个方向选，一直读到了研究生。然后在搞研究还是当老师之间犹豫，最终选择了教师这个职业。跟学生们一起做些什么，一直是我憧憬的事情。于是，我就到了一所初高中一贯制的男校任职当老师。那是所重点学校。每年都有几十名学生升入东大。"

不懂司机为什么突然开始讲起自己的故事。只是有种感觉，对方好像从一开始就想说这件事。

"争取过学生的意见之后，我在校内成立了一个天文兴趣小组。现在回想，那也只是一种自我满足吧。"司机自顾自地笑了起来，"不过，大家都特别热情。您知道吗？在月球表面的某个区域，根据撞击坑的数量，计算出密度，就可以推算出那里的岩石的生成年代。这叫作撞击坑年代学。我跟学生们一起进行有关这方面的研究，还在学会发表过研究成果，获得过表彰呢。那时可真是快乐啊，真的。"

司机充满怀念地眯起了眼睛，继续着他的诉说："后来，我成了家，有了孩子。唯一的一个孩子。记得是在儿子九岁生日的时候吧，我给他买了一台天体望远镜。虽然只是一台便宜的折射望远镜，但是孩子特别高兴。我们爷俩每天晚上都用它观察月球。那孩子，真的很喜欢月球啊。哦，您有没有用望远镜看过月亮？"

"……没有。"

"最好能看上一次哦。很震撼的。就算是那种便宜的望远镜，用来看月球也可以看得很清楚。真的，一些细节都能看到呢！别说是三公里，甚至感觉伸手就能摸到，就那么近。所以，那孩子就专门看月球。"

抬起头，看着月亮，开始想象。不是想象望远镜中的月球，而是想象自己和父亲一起看月球的情景。当然，这种经历一次都没有过。就算是想象，也很难有令人愉快的画面。

"学校的天文兴趣小组，还举办了夏令营活动。每年都会去长野的乘鞍观测天体。我也带儿子去过两次。他特别开心。升初中之前，他提出想报考我执教的那所中学。我们当父母的当然不会反对了。从五年级开始，我就送他去培训班补习，那孩子也非常努力地学习，但是，最后却没考上。"

手指夹着的香烟不知何时已经燃到了过滤嘴的位置，便直接将它扔在脚下。

"最后，上了当地的公立中学，说是考高中的时候再挑战一下。我任职的那所学校也接受高中的报考，只是名额非常少。虽然我觉得难度很大，但是孩子自己有这个愿望，我们除了鼓励他，也没有别的办法。初中一年级的时候，一切都很顺利，什么问题都没有，但是到了二年级分了班，他开始不爱上学了。早上起床，要不就说头疼，要不就是肚子疼。因为我也是老师嘛，所以一下子就明白了，我想，他是不是遇到了校园霸凌……"

"啊……"不自觉地发出低吟。

"有一种霸凌是无形的。无视，或者私下里说坏话。我儿子个头小小的，瘦弱，敏感，就是那种喜欢科学的书呆子。太容易成为被欺凌的对象了。但是那孩子咬死了不承认。不知是怕父母担心，还是因为自尊心的缘故。十四岁的男孩子。不想给父母看到的一

40

面正在逐渐形成啊。

"我觉得与霸凌直接斗争不是一个聪明的办法。不必勉强去上学。或者，也可以转学。我把我的想法告诉了儿子。于是，二年级的时候，他就基本没去学校，一直在家里学习。上了三年级，又重新分班，状况似乎有一些改善。从第二学期开始，他几乎每天都会去上学，我们也放下心来。但是，学习进度落后了不少，再加上缺席太多，评定分数肯定不会好。他本人也明白自己进不了好的高中。但是，他还是坚决表示想考我那所学校。"

目光已经无法从司机的脸上离开。本来没想听这样的故事，但是却想从对方的表情中读出什么来。而司机依然带着他标志性的苦恼微笑，视线落在柏油路面上。

"就在考试的那天早上，我因为也要去学校做相关的考前准备工作，很早就离开了家。临出门前，我还对儿子说'放轻松去考'。他点头答应说'嗯'。那个，是我们最后的对话。那孩子，并没有出现在考场。他出了家门，走到附近的一座公寓，上了屋顶，就那么跳下来了。"

下意识地，一直憋着的一口气从嘴里慢慢地释泄而出。说不出话来。

寂静还在继续。隐约觉得，月亮似乎正在从天空俯瞰，观察着这里，看谁会先开口打破这片寂静。

似乎是讨厌这样的沉默，司机站起身来：

"无法逾越的悲伤，在这个世上是有的。"

像是在说与自己无关的事情一样，司机看着河水，将双手撑在防护栏上，抬起了下巴："我呢，怎么也想不明白。那孩子为什么一定要死呢？他想了些什么呢？当时我为他做些什么才好呢？究竟怎样才是最正确的做法呢？您，明白吗？"

似乎都是些愚蠢的问题。突然感觉有点烦躁。甚至都没摇头否定。

"在那之后，我就辞职了。我老婆怪罪我，我也埋怨她。其实我懂，对于她来说，除了我，没有任何地方可以发泄她的痛苦。当时，我母亲因为打击太大，病倒在床。我父亲已经去世，我就只身一人回到了滨松。从那之后就没见过我老婆。也没离婚，就这么过了十五年。我老婆回千叶娘家去了。是不是一对很奇怪的夫妻？

"回到滨松大概有半年的时间吧，那段时期，我觉得活着是很难捱的一件事。有一天，母亲睡下之后，我就开着车从家里出来。跟您一样啊。想找一个合适的地方去死。我漫无目的地沿着天龙川向着上游方向开，就在那时，非常偶然地进了这条岔路。看到这块路标牌的时候，我还以为自己出现了幻觉。当时就在想，我终于是疯了啊。停下车，走回到这里想看个究竟，我无数次地揉着眼睛一再辨认，就见这块牌子上确确实实写的是：距离月亮三公里。"

司机面向月亮。月亮的白似乎比刚才更清透了一些。

"正好，也是像现在这种完美的满月。我当时想，啊，这轮月亮就是那孩子。是我儿子把我叫到了这里。因为，这里是地球上离那个孩子最近的地方。您相信吗？一个做过理科教师的人，在当时居然会冒出那样的想法。"

司机轻轻地晃了晃肩膀。那姿态就像是在对月亮诉说着什么。

"那时我懂了。我必须活着，到这里来继续探问我的儿子，一直问到死才行。我要问他，你当时都在想些什么？为了什么而痛苦？有什么样的话是不能对我们说的？爸爸那时应该为你做些什么才好呢？

"他当然不会回答了。那孩子背对着我呢！但是，在距离月球最近的这个地点，我必须想办法看到那孩子无法转向我们的那张脸，看看他的脸上有什么样的表情。就算是个侧面也好，哪怕只有一瞬间也行。因为，我是他的爸爸啊。"

空气又一次静止了。

不想破坏这空气，静静地从防护栏上站起身来。跟司机一样，转向了面对河水的方向。

司机转过头来："所以啊，每当满月的夜晚，我肯定会到这里来。但是……"

司机的嘴角现出一丝微笑："谁能想到，偏偏载了您这样的乘客呢。"

从那副苦恼的笑容上移开目光，将视线投回到月亮上。

心中发出了呼喊：

喂，少年人。

多好的爸爸呀！

真的，不是个很好的爸爸吗？拼命地想了解你。就算你已经不在这个世上，还是拼命地想去了解。

为什么要去死呢？一点都没有必要去死啊！

你才十五岁啊！只有十五岁，不是五十岁啊……

月亮似乎溢出了原有的轮廓。还有些刺眼。怎么回事？

青白色的光球跟母亲的面容重叠在一起。

很快，那面容又变成了父亲的。

不是父亲的脸庞。而是他头发稀疏、显露出头皮的后脑勺。

将父亲留在养老院的那一天，最后对父亲说的是，

"你在这里要听别人的话。我会再来看你的"。父亲面向墙壁，盘腿坐在床上，最终也没有回头看自己。就是那时的，父亲的后脑勺。

父亲活在这个世上，又不是这个世上的人。睁开眼睛，也不看儿子。张开嘴巴，也不对儿子说话。父亲的脸在月亮的背面。不再朝向这边。

三十八万公里……

现在，月亮看上去是那么遥远，远在天边。

一直到最后都背着脸，游离到渺远的天际。

"……三十八万公里。"

口中咕哝着这个刚刚听来的数字。难道是因为这个缘故吗——

只见月亮突然恢复了清晰的轮廓。青白色的光球看上去只是一个布满瘢痕的岩石天体。

对了。不是的。父亲当然不会在那里。他在岐阜。一个人住在养老院里。如果从岐阜车站过去的话，连三公里都不到。

父亲已经什么都不会回答了。但是自己却可以直接盯着那双已经失焦的眼睛。也可以在他的耳边直接发问：爸，对儿子您究竟怎么看？有没有什么真心话想对儿子说？还有，您是否爱过自己的儿子？

"……那，接下来怎么办？"

司机在发问。

"还要继续踩点吗？"

没做声。手在衬衫的胸前口袋里摸索着。

摸出了烟盒，捏出一根皱巴巴的香烟叼在嘴上，点燃。将第一口深深地吸入体内。

没觉得好抽。只觉得非常苦。但是，这次确实尝到了味道。

月亮上笼起一层紫烟。

星六花

"降水概率0%，并不是绝对不会下雨的意思哦。"

四人聚餐快要结束的时候，那个姓奥平的人突然打开了话匣。他坐在对面靠左，大部分时间都在一旁安静地微笑。

"什么意思？"坐在我旁边的美彩活泼泼地扬起精描细画过的眉毛，将拇指和食指圈成一个圈，脑袋轻轻一歪："那个，可是零哟？"

我作为一个女人，都觉得这位晚辈的神态举止娇俏可爱。尽管过了新年她就该满三十岁了，但如果在妆容和服饰上稍作变化，说她是大学生也没人怀疑。只是，这样的言行会不会招致其他同性的反感——虽然有瞎操心之嫌，但我还是忍不住有些担忧。

"降水概率的百分比都是十进制的，对吧？"

奥平的目光在我和美彩之间频率均等地交替移动。别看他外表白净文弱，声音听上去却格外浑厚低沉。

"也就是说，那都是四舍五入之后的数值。不到5%的数据就全部按照0%来发布。而且是1毫米以上的降水概率。零零星星的小阵雨，在降水过程中是不被计算在内的。"

"哦？原来是这样啊！"美彩马上看了看身旁的窗户。用白沫喷画在窗玻璃上的圣诞老人，头上正有雨滴在滑落。"那么，遇到这种情况就不算奇怪了。"

之所以会聊到这个话题，是因为开始有雨点儿淅淅沥沥地打在餐厅二楼的窗户上。虽然是零星小雨，但早上看天气预报时，并没有雨伞标志。美彩说，根据预报，下午的降雨概率是百分之零。

"即便不算奇怪，也很难让人接受啊。"坐在右侧的岸本探过来一张红扑扑的脸膛，在争取美彩的同意，"因为，零就是零嘛。是 nothing 啊。很难理解成或许会下一点点小雨。"

"就是嘛！我根本就没带雨伞吧。气象厅要对此负责哦！"

美彩调皮地举起拳头。奥平看着她，两只单眼皮的眼睛带着笑意眯缝了起来。他态度诚恳地低下头去："是敝厅的解释不够充分，在此深表歉意。"

四个人清空了三瓶葡萄酒。多半是岸本和美彩的功劳。奥平大概红白各喝了一杯，而我只喝了一杯干白。并非没有酒量，但是从很早以前起，我就不怎么喜欢喝醉了之后自己变得不是自己的那种感觉。

为了让这个话题更饱满，我也试着加入讨论："但是，如果是四舍五入过的话，那实际上应该已经得到了非常详细的概率数据，对吧？"

我对天气预报兴趣并不大，只是因为奥平今天首次成为餐桌上的主角。我想多听听这个人的声音，多了解一下他的说话方式。

奥平双手捧着盛了水的玻璃杯，点头道："是啊！"我条件反射般地看向他细长白皙的手指，不用说，当然没戴戒指。

"气象厅会将过去的气压分布和观测数据进行基数化处理，利用电脑，从中搜索出与目前状况相似的模型，计算出发生降水的比例。所以呢，先不管这种行为的意义何在，作为一种统计性的数值，确实计算到了非常详细的程度。"

奥平在说明过程中适当地断句，听得出，他想尽量简洁而又正确地进行表述。

"不愧是气象——"我刚想说预报员，却马上改了口，"方面的专家！"

"我原来还以为，"岸本大着嗓门接过话来，大概是因为酒精的缘故，他的音量似乎有些不正常，"降水概率是这么定下来的：气象预报员看看天气图——'嗯，看样子八成能下雨。OK，降水概率就80%吧！'"

说完之后，岸本自己先笑了起来。组成男性阵容的两位成员据说是大学时代校羽毛球队的队友，但看上去，岸本对奥平学长并无谦让之意，聚餐期间一直都是他一个人说个不停。

我假装要确认时间，掀开了放在腿上的手机封套。那里面夹着他俩的名片。我仔细地看了看奥平的那张。

"气象厅　东京管辖区气象台　气象防灾部门　技术科　技术专员　奥平润"

果然，这串长长的前缀之中并没有"气象预报员"的字样。在刚才开场举杯之前，各自都做过自我介绍，当时也没有出现这个词。他在气象厅里也算是做到了一定的职位，按说应该会持有气象预报员的资格证书，虽然不知究竟如何。

目送美彩和岸本乘坐的出租车离开之后，奥平突然说："没关系的啦！"

"……什么？"

"看你忧心忡忡的样子。别担心，岸本这个人哪，面对女士，肯定会发扬他的骑士精神。"

"不是，那个……"难道，自己的心思这么容易被看穿？我有点窘，用话掩饰着："他们两个人，好像都喝醉了，所以……"

两个人拼一辆出租车回去，只是因为家在同一个方向。美彩的内心要比她的外表成熟得多，懂得分寸，绝对是个合格的成年人。我确实没必要像个家长似的为她担忧。

只是……美彩刚才坐进后排座位的时候有些踉踉跄跄，先上车的岸本从车里抓着她的手臂扶住了她。那个画面刺激到我的记忆，表情不自觉地变得僵硬起来。

我家离这里不太远，但我不想晚上独自坐出租车。正好奥平也说要坐电车，我们便决定一起走到惠比寿车站。

刚才的雨点儿已经收住了，不需要打伞。缥缈的雨雾只能在车头灯的照射下才看得出来。细窄的小路上，偶尔会出现一两家风格隐秘的餐厅。一阵冷风穿堂而过。

"突然冷起来了呢。"我将披肩重新裹好，"白天的时候连大衣都不用穿。"

"好像开始起北风了。"奥平也将连帽大衣的扣子一直扣到了颈下，"今天的阵雨或许就是这个缘故。从海上吹来的风与北风相遇，局部会出现云团。"

"奥平先生是气象预报员吗？"

"嗯，算是吧。上学的时候就拿到了资格证。但是，在单位里并没有做预报工作，因为我还不是预报官。"

奥平对气象台的工作进行了一番介绍。技术科的业务，是以气象观测仪——AMeDAS（气象数据自动采集系统）和气象雷达——的维护管理为主。但似乎并不意味着他一直要以工程师的身份累积资历。在现在这个"技术专员"的职位之上，还有"预报官"，奥平的目标就是要成为一名预报官。

有意思的是，在气象台工作的那些理工科出身的员工们，多半都没有气象预报员的资格证书。根据奥平的解释，那种资格证只是属于一种民间制度，与进入气象厅任职或者升任预报官并无任何关系。

"好厉害！"我由衷地赞叹，"学生时代就通过了气象预报员的资格考试。应该很早开始就喜欢天气方面的工作了吧？一步一步地实现自己的梦想，真的很了不起啊。令人羡慕。"

"嘻，我只是个气象宅而已。"

"气象方面也有御宅族？"

"有啊。像云宅啦，天气图宅啦等等。"

"天气图宅……是指喜欢看天气图吗？"

"不，是自己画天气图。每天听气象通报的广播。"

"气象通报？"

"这种东西，你可能不知道。"奥平大概自己也觉得滑稽，咧着嘴笑了起来，"NHK广播第二频道，一天一次，播报各地的气象要素。比如，'石垣岛，东南风，风力3级，天气晴，气压1015百帕，气温23度。那霸……'这种的。"

"光听这个就能画出天气图吗？"

"稍微学习一下相关的知识，再加以练习的话，是可以的。而且，还能买到专用纸。我上小学初中的时候画过很多。拿着收音机跑到公寓的阳台上听。"

"为什么要到阳台去？"

"五楼的一个小阳台。"奥平不好意思地垂下了眼睛，"我把它当作自己专属的气象台。摆上小桌子和小椅子。用攒下来的零花钱买了便宜的气压计和风速仪。"

"刚才只觉得稚气可爱，没想到还挺认真的呢。"

"那时我每天都会在笔记本上记录，画天气图，做出我个人的天气预报。我的父母每天晚上都会问我：'阿润，明天天气如何？'所以，确实有小孩子的那份认真。"

"真是好父母啊。"

"总之，很多时间都是在阳台眺望天空度过的。如果发现了什么罕见的云，就赶紧查图鉴进行比对，画一画写生。"

"奥平先生也是云宅？"

"嗯，是啊。现在也是，如果看到好的云相就随时拍下来。所以，我总是随身带着照相机。"奥平轻轻拍了拍斜挎在身上的帆布包。

"啊，对了。"我停下脚步，拿出手机，给他看手机桌面上的照片，"这种云是不是很罕见？应该还有个什么名字的……"

飘浮在蓝天上的薄薄的云朵，闪耀着彩虹般的光芒。空中并没有彩虹，但是云朵的边缘却闪耀着七彩光辉。

"嚯！很漂亮的彩云啊！"奥平赞叹道。

"彩云！对对，是叫这个名字。"

"太阳光线绕过云粒钻进云层时——其实那叫作衍射——根据波长的不同，射入的角度也会一点点发生变化。所以看起来像彩虹一样，分成了不同的颜色。"

"原来是这样……其实，我也听不太懂。"

"原理是怎样也无所谓了，这照片是你自己拍的？"

"不是不是，我在网上看到存下来的。觉得它很美。我本来就特别喜欢天空和云朵的照片。"

最后那句话是顺势说出来的。彩云照片也是最近痴迷摄影的一个朋友发在社交媒体上的图片，自己只是拿来借用而已。只要是有些特别的风景图片，我都喜欢。

"你非常具有气象宅的素质哦，富田小姐。"

看着皱纹堆聚在眼角的奥平，我突然感到莫名地开心。

不知不觉间，已经走到了惠比寿车站的西口。广场周边的树木和立体造型上，缠绕着缤纷的彩灯，华美奢靡。在矗立于车站入口处的巨大的圣诞树下，我们不约而同地停下了脚步。

"我坐 JR。"我指着车站入口说道。

"我要去坐地铁，日比谷线。"

奥平看了看天，从背包里拿出一把黑色的折叠伞，将伞柄冲向我递了过来，微笑着说道："带上这个，有备无患。也许还会落点儿雨呢。"

"哎呀，不用不用。要是还下雨，奥平先生怎么办？"

"我没关系。就算下雨也不要紧，下车跑回去的话，只要一分钟就到家了。"

"可是……"接下来的话让我踌躇起来。我不想说借了也不能还这种话，只好小声地挤出几个字："该怎么……"

"先拿着吧。放你那一段时间都没问题。"奥平半强迫式地将伞塞到了我的手里，"大概……到圣诞节前后吧。"

"圣诞节？"

"嗯……"奥平看了看手腕上的表，眉毛一掀，"糟糕，马上就末班车了。说什么也得回到隅田川对岸才行。"

"哟，那赶紧。"我急忙催他。

"抱歉，我先告辞。时间太晚了，请路上小心。"奥平向通往地下的楼梯走去，又回过头来问道："富田小姐用推特吗？"

"倒是注册了账号……"已经好几年没记录过什么了。

"方便的话，可以看看我的推特。有时候，我会发一些云的特写照片在上面。用的是真名，一搜就能搜到。好了，再见。"

奥平一边快速说着，一边向地下走去，很快就消失了身影。我将折叠伞抱在胸前，除了低头回礼，配合"好的再见"之类的简单道别，无暇再说其他。

在涉谷换乘井之头线之前，我一直处在一种飘飘然的状态之中。

周五的夜晚。穿过拥挤的车厢，挤到座位边上，找准空隙抓住了头顶的吊环。直到电车启动的一刹那，我才回到了现实当中。因为车窗上映现出了自己的影子。

一位明年就满四十岁的干瘦女子。没有可爱的容颜，也不显年轻。在着装上虽然花费了一番心思，也与精致时尚相去甚远。在打扮上的所有努力只是为了不让同事们觉得自己土气、看上去像个大妈。

奥平三十七岁。比我小两岁。公务员，斯文随和，很容易让人心生好感。这样的男性没理由特意去选择一个即将四十岁的女人作为结婚对象。

可是……为什么还要巴巴地去参加什么相亲聚会呢？我不禁反问车窗中的自己，在心中自嘲起来。

张罗这次活动的是大学时代的朋友。岸本是她丈夫的部下。岸本带上奥平，我则叫上美彩，搞了个二对二的聚餐会。

朋友千叮咛万嘱咐："千万不要带年轻姑娘去哦！"虽然同年龄的未婚朋友也不是没有，但是一想到对方都是比自己年轻的男士，如果不带上比他们年轻一点的女孩子的话，就太不协调了。而单身的年轻姑娘，就只有在同一个部门工作的美彩了。

但是，叫上美彩，并不是站在美彩的角度，也不是为了男士们。我不想让别人觉得自己是一个器量狭小的刁钻女子，故意安排一个衬托自己的角色在身边。也许是固执，也许是一种虚荣。无论如何，都是自我中心主义。我越发感觉自己开始变成一个令人讨厌的女人了。

比如现在就是这样。眼前坐着一位学生打扮的女孩子，戳着手机屏幕在打字，唇畔现出淡淡的笑意。二十岁时候的自己，是乐于看到这种画面的。看着手机露出微笑的女孩子，我会想象对方正在跟男朋友发信息聊天，那种幸福似乎也会感染到我自己。而如今又怎样呢？我会觉得，她怕不是正在LINE上面跟朋友说别人的坏话吧？究竟从什么时候起，自己变成了这样……

大衣口袋里的手机在震动。是美彩发来的LINE信息。

"今天十分感谢！我已经到家了。"

"不客气，也谢谢你能来。感觉怎么样？"我回道。

"很开心啊！两个人都很不错！"

"是啊。而且不吸烟。"

"啊，对于千里来说，这一点超重要。"

我讨厌吸烟的人，在整个部门内都是有名的，甚至可以说，那种情绪不是"讨厌"二字可以形容的。美彩的信息还在继续：

"我跟岸本先生互换了LINE，但是说真的，会不会两个人单独见面还不好说。"

"欸！还不好说吗？"

"千里那边进展如何？"

问得很暧昧，指的应该是奥平吧。奥平算是留给我的选项，所以既不能妄自评论，也不能主动接近——美彩一定是这样想的。

我犹豫了一下，还是决定只陈述事实。我也想看看美彩的反应。

"回来的路上一直在聊气象台的工作。分手的时候，他还把折叠伞借给我了。"

"哦？！看来很有戏啊！还伞的时候再见面，是这个意思吧！"

"谁知道呢。大概吧。"回复了几个不带表情的词语，我冷静地扼杀掉令人心痒的兴奋。

"瞧你说的，像是跟自己无关似的。千里难道没有那个意思吗？"

"倒也不是，但是……"敲完这几个字，突然感觉说不下去了。不想让她认为自己有些得意忘形，"太晚了，回头上班再说。"

"咦？我还想多听一些呢！但是，今天有机会参加聚会真的太好了！如果不多认识一些人，就无从开始嘛！我可不想后悔。"

不想后悔——这是美彩的口头禅。确实，她每周都积极地参加相亲派对，下班后还时常会与交友软件上认识的男士见个面什么的。而对于我来说，身份都没法确定的两个人见面，是难以想象的事情。

我觉得，如果能拿出其中一成的热情放在工作上就好了。她现在的做法就像是在对周围宣告，自己想早点因婚辞职。若是从一名社会人的角度去考虑，难道就不会后悔吗……

算了……何必多管闲事。我这样的人，又有什么资格对别人说三道四呢。

也曾经想在工作上做出一番成就。从一所知名私立大学毕业之后，却赶上了就业冰河期。经历了求职的血泪拼搏，如今这家较有规模的文具公司最终收留了我。在那之后，十七年的时间里，我做过总务、营销、财会、宣传、商品企划，从去年开始到了人事部任职。虽然挂着个主任的头衔，却是个光杆司令，手下一个兵都没有。

只做了两年就被调离了自己一直向往的商品企划部，对我来说也是一个不小的打击。到头来，没做出一件值得自己为之骄傲的产品。最后，就像一颗用来应急的棋子，被挪到了人手不够的现部门。

无论安置在哪里，做的工作都还说得过去，在别人眼里，却算不上是不可或缺的人才。虽然明白上层对自己的评价，但也能够在被分配的岗位上尽职尽责地做事。在这一点上，我倒是拥有一些小小的自负，没有让我后悔的事情。

而在个人问题上，却恰恰相反。在追求幸福方面，该做的事情一件都没做，二十五岁到三十五岁这一段最重要的时期都被自己白白浪费掉了。那些有机会可以结识良缘的场合，即便受到邀请也不愿靠近，在公司里，对单身男士们也一直采取一种过于冷淡的态度。对于像我这样不起眼的女人来说，被男性排除在对象范围之外实在是太容易了。

就这样，等我回过神来，三字头的年纪眼看就要结束了。本来不应该是这样的——而如今，只能一声叹息。在"无论如何""毕竟""尽管如此"几个词之间兜兜转转，徘徊不定。

无论如何，我到现在还在积极地参加各种相亲活动。

造成如今这种局面，也不是我一个人的原因。毕竟，曾经发生过那样的事情。而在努力工作的过程中，时间就这么过去了。

尽管如此，心里还是会有一些期待，觉得就算是这样的我，也会遇到一个适合自己的对象。我又没有太多的奢望，相信总有一天会佳缘巧合，邂逅良人。这种期待听上去或许比较动人，但说白了，不过是寄希望于外力，哪怕是到了这般境地。

说起来，过去我还曾经是《Ribon》①的热心读者。

---

① 日本集英社发行的月刊少女漫画杂志，读者对象以小学中年级至初中的女生为主。

从小学时起就开始看，即便上了高中，周围的同学早已告别了这种程度的杂志，我仍然会偷偷地在附近的书店买来看。至于为什么会突然想到这件事，我也明白其中的理由。因为，我意识到从那时起，自己的心态在本质上就一直没有成长。虽然从很早以前就已经知道，这个世上根本就没有白马王子，但是……

为了对自己再次开始下坠的情绪造成干扰，我点开了新闻应用软件。手指在罗列着一排排新闻标题的画面上滑动着，突然，指尖停在了半空。

"四十岁未婚女性的结婚概率，只有1%？！"

虽然这个标题非常成功地扰乱了我的心绪，但这种文章的内容无非是为婚恋产业或者相亲类图书打广告。完全不想打开看。就是因为总是不自觉地搜索一些跟结婚有关的话题，所以才会出现这样的内容。我气急败坏地关掉了应用。

如果对结婚非常在意的话，这样的数据就会显得特别扎眼。2.7%，4.1%这种数字，在网上一搜一箩筐。有人指出那些都是胡诌出来的数据，实际上究竟怎样也不很清楚。不过，从自身体会来看，似乎并没有与实际情况差别很大。

无论如何，要是拿降水概率来举例的话，全部经过四舍五入，就都变成0%了。

我深深地叹了一口气。将手机放回背包的时候，手突然碰到了雨伞。心跳加快了。

并不是必需，但他还是特意将这把伞借给自己。而且还加了一句"到圣诞节前后"。我告诫自己不可抱有期待，但在内心深处，却有另一个自己正在试图去感知某种甜美的回应。将0%的概率努力提高到10%的可能性有多大呢……

就在这短短的一段时间里，情绪经过了各种高低起伏。很久都没有过这种感受了，头脑和内心都无法平静。

别想了，稍微冷静一下——我对着车窗中的自己说道。

*

"你有没有觉得，东京的降雪预告经常会不准？"

似乎是说话时的习惯。奥平又用双手捧住了拿铁咖啡的杯子。

"确实有这样的感觉。比如，说是会有积雪，但实际上只是下了一点雨夹雪而已。"

"还有相反的情况。预报里说没有积雪的可能，但是市中心却下了大雪，雪足足积了有将近十厘米厚。"

或许是距离官厅街比较近的缘故，下午一点过后，这间星巴克店内就出现了三三两两的空位。奥平说他恰巧休了半天假，下午不用再返回单位上班。

　　昨晚跟奥平取得了联系，告诉他说，我会到气象厅附近去办点业务，顺便把雨伞还给他。去大手町的客户那里办事是事实，但有一半却是借口。一项谁去都行的跑腿活儿，被我主动接了下来。

　　距上次聚餐刚好一周。我很想见到奥平，但是又不太好约他吃饭。找个咖啡馆会合，将借的东西还回去。我觉得这个尺度比较合适。

　　"这种预报偏差自有其原因。"在音乐声与谈话声交杂的咖啡馆里，奥平低沉的嗓音听起来非常清晰，"关东平原的降雪能够达到积雪的程度，大体上是由于南岸低气压的缘故。就是经过日本列岛南侧的低气压。南岸低气压在接近气温较低的区域时，就会为太平洋沿岸带来降雪。问题主要在路径上。"

　　奥平将手机横放在桌子上，用食指在桌面从左到右比画着。看上去是把手机当作日本列岛，用手指作为低气压来进行说明。

　　"当低气压在与日本列岛稍微有一点距离的地方经过时，降雪的可能性就会提高。过于接近陆地的话，就会变成雨水。而如果距离太远，连降水都不会发生。

如何准确地探明它的路径，是很有难度的。"

"原来如此，确实有点微妙呢。"

"而且，覆盖关东地区的冷空气的状态，特别是地表附近的气温就变得非常重要。如果不能做出精确度比较高的预测，对是雪还是雨的判断就会很混乱，这一点也是比较有难度的。"

"这样也必须要做出预报，想想都让人头疼。"

"降雪预报如果出现失误，影响会比较大。"奥平微笑着，"因为在东京，会不会积雪可是个大问题。"

"是啊！即使是稍微下一点雪，电车、道路都会出现大混乱。"

奥平拿起手机，打开了推特。他敏捷地操作了一通之后，将手机推到我的面前。眼前的画面我已经看过不止一次了，是奥平自己的推特页面。

"这个'首都圈雪花结晶项目'，就是为了提高降雪预报的准确度而进行的一项尝试。我们首先想对诱发降雪的云团的物理特性进行更详细的了解。为此，有必要直接观测云层内部的状况，但是这样的数据却很难收集到。所以，我们将重点放在了从云团中降到地表的雪花结晶的形状。"

"好赞啊！那句话怎么说的来着？'雪是上天寄来的信笺'？"

反复读过很多遍他的推特帖子，所以记住了。这句话据说来自一位名叫中谷宇吉郎的著名雪花研究者。

我也是第一次知道，原来，雪花的结晶也有各种不同的形状。一般人马上会想到的，是六边形的树枝状结晶，就是在造型设计时经常会用到的那种图案。实际上，除此之外，雪花还有各种各样的形态，针状、片状、棱柱状等等，最终的形状是由气温以及水蒸气的量来决定的。也就是说，看到降下来的雪花结晶的形状，就可以解读大气的状态。

"中谷先生在面向大众的科普书籍和随笔的写作领域也非常有名。他如果还活着，一定会感到非常欣慰，因为大家都在收集从天而降的信笺。"

是的。这个"首都圈雪花结晶项目"不只限于研究人员的范畴，而是普通推特用户都可以参加的项目。发起这个项目的是气象研究所的研究员。包括奥平在内的几位气象厅工作人员作为共同研究者，一起在推进这个项目。

大致的概要就是这样。首先，奥平他们通过推特将研究项目的目的和参与方式公布出去，号召居住在关东地区的民众给予协助。愿意参加的人，在实际发生降雪的时候，用手机拍摄雪花结晶的特写。在图片上注明拍摄的时间和地点，以"＃首都圈雪花结晶"

话题的形式发布在推特上。奥平等研究者团队就会收集这些信息，用于数据分析，以便更加接近雪云的实际状况。

就是在聚餐的那个晚上，我知道了这些相关信息。那天，我怀着悒郁不乐的心情钻到被窝里，将被子拉到头顶蒙住自己，翻看了奥平的推特。最新的一则帖子就是关于这个项目的内容。就连不具备任何相关知识的我，在回看那些帖子的过程中，也对他们想做的工作有了一定程度的了解。

第二天，我在推特上给奥平发了一条信息，问了一个关于该项目的可有可无的问题。随后，马上就收到了他礼貌而认真的回复，就此便与他开始了信息往来。而我也开始装作对这个项目饶有兴趣。

"我在短信里也写了……"我尽量用一种若无其事的声音，不露痕迹地说道，"我一定要参加这个项目。心里还蛮期待的。"

"我猜到你会这样说。"奥平眼角的皱纹又挤在了一起。

"是因为我具备气象宅的素质吗？"

奥平放声笑了出来："应该说，欢迎到我们的世界来！你已经回不去了哟！"

"听您这么一说，感觉有点怕怕的。"我也笑了起来，"不过，像小孩子一样盼着下雪，这种心情真是很多年都没有过了。"

我在手机上点击浏览器，打开标记了的网页。那是奥平在推特上介绍的网址。在雪花结晶的形状一览表中，种类居然有四十种之多。

针形、方锥、棱柱、方片、扇形、炮弹形、包裹形……真的是无所不有。形成正六边形的带有六个分枝的结晶叫作"六花"。除了著名的树枝状六花，还有宽六花、羊齿苋六花等，又分出了好几个种类。

"我喜欢这个。"我用手指点着六花中的一种，指给奥平看。

"哦，这是星六花。"

它只是六根针等距离伸长的一种雪花结晶，最为朴素简洁。我觉得"星六花"这个名字也特别好听。

"我觉得我懂。"奥平接着说道，"怎么说呢……非常有富田小姐的风格。"

"哦？"我的心中怦然一动，嘴上却说，"意思是不是，我这个人比较土气？"

"不是不是。"奥平带着极具感染力的笑容，"不是那个意思……"

"开玩笑的啦！"我笑着回他，心里充满了喜悦。实际上，我也一厢情愿地将星六花跟自己联系在了一起。

"不知道能不能找到星六花。"我轻声嘀咕着。

"我认为十分有可能！去年十二月份的降雪里，也发现了树枝状以外的六花哦！投稿当中还有针状、柱状、十二花和带枝杈的方片结晶等。一般来说，水蒸气的量越多，就越容易形成树枝状的六花等比较复杂的结晶。水蒸气的量少的话，就会以单纯的方柱或者方片形状……"

奥平热情地讲解着，送入我耳中的却只有令人愉悦的动听嗓音。

眼前这个人，别说是恋人，也许甚至连朋友都称不上。但是，我却感觉非常幸福。管他星六花还是雪花结晶项目，其实都无关紧要。只要这个冬天多下雪就好。只要下雪，这种温暖而安逸的时间就会持续下去——我恍恍惚惚，沉浸到自己的美梦里。

"如果下雪，大概会在什么时期呢？"我问道。

"从数据上预测的话，大概会在下周的中期到后半，上空将有一股较强冷空气南下。在那里如果发生南岸低气压的话，我是说如果……就这种程度吧。"

"下周后半，正好赶上圣诞节了呀！也就是说，有可能会有一个白色圣诞节咯？"

"我认为有这个可能。等会儿我要跟一位预报官会面，他在这方面了解得更详细。我打算去收集一些最新信息！”

“怎么？还有工作？不是告了半天假吗？”

“到筑波的气象研究所，就这个项目探讨一下。因为这本来不属于我的业务范畴，所以就得请假去嘛！”奥平看了看手表，又加了一句道："时间差不多了。"

“那我们走吧。我也得回公司。最重要的东西——”我从背包中取出折叠伞，双手递了过去，“这把伞还给您，多谢了！”

虽然最终也没用到，但是我将它重新整理过，把伞褶折得更加平整。

可是奥平并没有伸手来接，他摇了摇头："要不，你还是先拿着嘛！下雪的时候就用上了。"

“啊？为什么呀？”

“在拍摄雪花结晶的照片时，黑色或者藏蓝色的伞是最理想的。雪花飘下来的时候把伞撑开接着，就会有结晶落在伞面上，只要拍摄它们的特写就好了。雨伞都是防水材质的，结晶也不容易遭到破坏。”

“……”我一时语塞。

“因为我觉得你肯定没有黑色的雨伞。”

“……啊，也是……”

我表示认同地点着头，只感觉自己的脸像是着了火一般地烫。

原来是这样啊……那天晚上，他强行将这把伞塞到我手里的理由，所谓到圣诞节前后的真正意思，如今我终于明白了。为了这个，我倾注了 10% 的期待。

　　我慌忙将伞收了回来。冷静一想，似乎很正常。怎么可能会有那么甜蜜的进展呢？简直是异想天开。我，可真是个不折不扣的傻瓜……

　　羞愧万分的我连奥平的脸都没敢看，就冲出了店门。

　　看着右侧的皇居边上的护城河，我跟奥平并排走着。

　　天空晴朗。奥平在对我讲解今天的天气，而我只是低着头，适当地给予一些回应。北风似乎比较冷，但是我的皮肤像是麻木了一般，什么也感觉不到。一直持续到刚才的那种幸福就像是一场幻觉。我感觉自己的腰腿都使不上劲儿，脚步拖沓。

　　对话告一段落，出现了冷场。在这种情况下如果不说点什么的话就太尴尬了，我试着寻找话题。

　　刚好对面有四五个女孩子走了过来，肩上背着小提琴和管乐器的琴盒。大概是大学管弦乐队的成员吧？一边走一边在热切地谈论着什么，时不时会爆发出明亮欢快的笑声。

　　"……看上去真快乐啊。"我的口中吐出了几个字，显得有些生硬。

"多美好啊！"奥平轻声回应道。

我不自觉地抬头看了看他的脸。他有些不解地回看着我。

"还是，年轻的女孩子比较好吗？"因为情绪的波动，我居然只能想到这么没水准的台词。虽然也配合着做了一个开玩笑的表情，但是已经不知道在对方眼里看上去会是什么样子。

"哎？且慢且慢。"奥平有些无奈地笑了，"我只是说了跟富田小姐一样意思的话啊！"

"嗯嗯，我知道。"我勉强将唇角向上提了提。

等那些女学生热热闹闹地经过之后，奥平接着说道，"但是呢……"

"我也觉得，自己已经变成一个大叔了。单单只是年轻，看上去就觉得特别有光彩。我开始能够感觉到，长得漂不漂亮，可不可爱，完全没有关系。无论什么样的人都有一种美。作为生物，与生俱来的一种美……"这时，他突然像是意识到什么一样，急忙加上一句，"哦，我说的，无论男女都适用哦！"

"嗯，我很能体会，即便是我这样的大妈。"

不只是奥平说的话，连我自己说出来的话，都像是在扎着自己的心。也许是因为这种痛楚，刚才的羞耻感已经消失了。一种索性豁出去的情绪左右着自己，我直来直去地继续说道："但是，男人不是很好吗？男性魅力的保质期比女性的要长很多。"

"是吗？"

"是呀。我觉得奥平先生现在正处于最好的时期。"似乎说什么都已经无所畏惧了，"奥平先生，您没有考虑结婚吗？"

"……是啊，没有。"

听到这样的回答，我感觉到某股力量正在从自己的身体中抽离。不可思议的是，我居然又问出了更加冒昧的问题："没有喜欢的人吗？"

"没有啊。"

"一直都没有？"

"不是，以前曾经有过。"

"对方是什么样的人？"

"什么样的人……是高中时的同学。不过，人家早就结婚了。"

沿着新宿街道朝四谷车站的方向走去。景色看上去跟平常有些不同，也许是因为最近几乎没有在下午五点就离开公司的情况。那之后虽然返回了办公室，但完全无心工作。

在遥远的正前方，鳞次栉比的高楼大厦的上空，出现了美丽的晚霞。好美啊，除了字面上的意思之外再无其他。不知从何时开始，看到天空，看到花花草草，已经很难从心底感受到它们的美了。

橙黄色的光带向着西面的天空延展，是飞机云。每当看到飞机云，就会想起一件事。我曾经非常想出国留学，想去英国或者法国，总之在天空的那头。

是从高中时开始的梦想，但只是向往，却没有迈出实际的一步。别说海外，甚至连独居的经验都没有过，如今，我依然住在位于杉并的父母家中。

虽然是单身，也曾经有过恋爱经历。二十三岁时起，跟某位男性交往了大约两年半的时间。是在公司搞活动的时候认识的，对方比我大两岁。他当时在埼玉的工厂管理部门工作，每到周末，我就会到他住的公寓去。

如果问我究竟喜欢他什么，说实话，我也不知该如何回答。他喜欢足球，是鹿岛鹿角队的忠实球迷。除此之外没什么别的爱好，是一个很朴素的人。喜欢吃的都是小孩子爱吃的东西。我做的汉堡肉排和蛋包饭，他都吃得津津有味。因为是第一个男朋友，我也相当投入，心里已经默认，自己会跟这个人结婚。

但是两年过去之后，他的态度非常明显地冷了下去。缺乏恋爱经验的我完全不知所以然，问他"我做了什么不应该做的事吗？"每次得到的都是不耐烦的摇头外加一句"没什么"。这种情况持续了一个月之后，我忍无可忍，终于爆发，以一种最糟糕的方式逼问对方："你是对我厌倦了吧！"他不甘示弱地冲我大吼："你愿意怎么想就怎么想吧！"在说出这句话之前，他的眼神是游移不定的。也许，恰恰被我说中了。

世事总是祸不单行。跟他分手还不到一个月，我又遭遇到一次意外。那天下班之后跟同事去吃饭，晚上回家时赶上的是末班车。当时的我还处在失恋的痛苦中，大概走路有些心不在焉。就在杉并住宅区的路中央，差点被人挟持。

当时走到街灯稀少的道路上，经过一辆停在路边的面包车时，车门突然滑开，出现了两个男人。车里的那个攫住我的胳膊，跳下车的那个从身后捂住我的嘴，我叫不出声来。正在挣扎之时，一对夜间出来慢跑的夫妇偶然路过，其中的丈夫高声怒喝，我才侥幸得救。如果没有他们，后果真是不堪设想。

那两个男人开着车跑掉了。我瘫倒在地。帮我报警的也是那对夫妇。几个月后，警察通知我说，同样手段犯罪的二人团伙已被逮捕。虽然他们到最后也没认下我这桩案子，但是根据警察的判断，确定无疑是这两个人所为。

我完全不记得那两个人的长相。当时，警察对他们的外貌特征问得非常详细，但我却什么都答不上来。在前后加起来只有不到十秒的时间里发生的事情，再加上我当时拼死挣扎，当然什么都没有看到。

　　我记得的，只是捂住自己嘴的那个男人的手，烟臭味。后来我拼命洗脸，但无论怎么洗都洗不掉那股烟臭味，连续几天，我都处在恶心欲吐的状态当中。还有就是拉着我的胳膊要把我拖到车上去的那个男人那双充血的眼睛。直至今日，一想到那两只被欲望控制住的瞳孔，我都会止不住地颤抖。

　　通过前后发生的这两件事情，我感觉自己仿佛探知到了男人的本性。他们时而会冲动到不惜采取卑劣的暴力行径。明白到这一点，我开始莫名其妙地单方面感到厌倦。一想到男人具有无法自控的特性，就会感到害怕。在那之后，之所以会自己亲手制造出十年以上的空窗期，这段遭遇也是一个很大的原因。

　　推开家门，闻到一股炖煮的味道。母亲探头到走廊："回来啦？今天很早啊。"我回答道："有点不舒服。可能是感冒了。"到卫生间洗过手之后，我直接上二楼躲进了自己的房间。

　　刚才那句话大概能让我清净一会儿。我将大衣丢到床上，紧贴着大衣躺了下来。

谈不上有多富裕，一个普普通通的家庭。父亲沉默寡言，母亲吃苦耐劳。有一个小我三岁的弟弟，如今举家生活在曼谷。家人之间向来恬淡平和，从不会激烈对峙。特别是当我过了三十岁，在某个时期之后，母亲开始变得对我客气起来。

我非常能够理解父母的心情。弟弟已经有了两个孩子，所以，对他们来说，想抱外孙的愿望也许已经淡薄。但是，如果想到身后事，他们一定不放心将单身的女儿独自留在世上。干脆去婚姻介绍所随便找个人嫁掉算了。谁都行，至少，能让父母放心……

醒来时，发现自己身上盖着被子。大衣已经挂在衣架上了。我看了看枕边的时钟。夜里十点二十分。居然就这么睡了四个小时。从初中时起一直用到现在的书桌上，躺着一张字条，上面有母亲的笔迹：

"餐桌上放着饭团。冰箱里有炖菜，热一下吃。"

泪水涌了上来。

我错了。我的想法是错误的。不能把责任推到父母身上。我只是在骗自己，说是为了父母云云。

我太寂寞了。只渴望着再一次爱上某个人，也被某个人爱。

抽抽搭搭地拿起手机，打开了推特。奥平又发了一条新帖子：

"＃首都圈雪花结晶 下周后半，在上空的冷空气助力下，南海海面上有望具备形成低气压的条件！关东地区有可能会迎来今冬的第一场降雪。各位，不要忘了做好拍照的准备！"

我为什么会喜欢上这个人呢？只见过两次，完全不了解的一个人。

眼前浮现出奥平的脸，他笑着，眼角的皱纹挤在了一起。

无论截取哪一个瞬间，他的眼睛也不会让人感觉到恐惧。具备科学素养，是否就比一般人更有控制力？不，这个理由似乎不能成立。但是，这个人一定不会纵容自己的欲望发泄，一定懂得理性地控制。如果跟他在一起，几年、几十年都能安安稳稳、相互体贴地过下去……我有这样的直觉。

我决定原原本本地向他说出自己的感觉。虽然已经知道了结果，但没关系。如果在此时逃避，我将不会再有可能前进。

刚才那个帖子的发布时间是十分钟之前。如果现在发信息，也许马上就能收到回复。我深吸了一口气，开始打字：

"今天非常感谢。已经开完会了？"

不到一分钟就收到了回信："嗯，大家一起吃了饭，我现在正坐在筑波特快上，准备回家。跟预报官讨论过了，果然在圣诞节期间有降雪的可能性哦！"

"嗯嗯。看到了奥平先生刚才发的帖。不过，我还是想在那之前把伞还给您。"

"为什么啊？"

"拿着它，我会觉得难过。"

没有回应。我犹疑不决，先打出了"大概"两个字，犹豫着要不要删掉，迟疑了一下之后，继续打了下去：

"大概，我喜欢上了奥平。"

发出去之后，过了两三分钟的样子。

"对不起。也许，我不应该去参加那次聚会。因为岸本硬拖着我去，实在是没办法，其实，我应该干脆地拒绝。"

"是因为您现在没有结婚的打算吗？"

"不只是现在。将来，也永远不会有。"

"为什么呢？难道是因为，高中时代喜欢过的人，一直都忘不掉？"

"那倒不是。只是"

对话到这里中断了。等了一会儿也没动静，我忍不住追问过去：

"只是？"

又沉默了两分钟，收到了后半截回复：

"如果这么说，你可能就都明白了——我上的高中，是一所男校。"

＊

晚上八点半的北之丸公园，本来就与张灯结彩的圣诞夜的华美无缘。

偶尔经过的也只是遛狗的人，没有成双结对的情侣。日本武道馆与公园连成一片，那里似乎正在举办摇滚乐队的现场演出，但是散场之后，观众大概也不会流散到这个方向。

奥平和我并排坐在亭子里的长凳上，面对着草坪，冻得缩手缩脚。虽然全副武装，针织帽、手套、雪地靴等防寒装备一应俱全，但是带着湿气的冷风依然会钻到体内。

"噢，都内也终于开始发出降雪预报了哦！"

用手机在刷推特的奥平说道。我将一次性暖宝宝捂在脸上，凑过去看他的手机屏幕。

"很快了吗？不过，没想到大家热情这么高啊。在这样一个特别的晚上。"

"咱们也没资格说别人哦！"奥平笑了，"跑到这个没有炸鸡也没有蛋糕的地方^①，哆哆嗦嗦地等着下雪。"

正如预测，南岸低气压已经形成。不管能不能存得住，反正在关东地区太平洋沿岸，今晚会有一定程度的降雪。早上的电视资讯节目里，主持人和气象预报员不无夸张地兴奋了一阵，东京终于也将迎来白色圣诞节。

从那天开始一周的时间里，我跟奥平一直保持着信息联络。短短几行字，当然不会聊到很深入的话题。通过有的没的各种交谈，互相之间一点点地表达了自己的想法。心情平复的速度比想象的要快得多。或许，如果奥平的性向是女性的话，就不会这样了吧。这么说也许有些奇怪，但是如今我终于意识到，自己内心依然存在着女人的特质。

要不要一起去拍雪花结晶？发出邀请的是奥平。这个地点也是他指定的。据说距离气象厅比较近的这个北之丸公园，也是东京的一个气象观测点。这样的观测场所叫作"露场"，会设置一些温度计、雨量计等观测仪器。并非什么舒适场所，也没什么浪漫气氛，纯粹出于科学的理由选择这里，倒是很有奥平的风格。

六点半下班以后，约在九段下的家庭餐厅会合。

---

① 日本人在圣诞节有吃炸鸡和蛋糕的习惯。

大概三十分钟前，收到了神奈川开始下雨夹雪的消息，就一起来到了这个小亭子。

"往年你都怎么过圣诞节？"我问。

"什么也不做。特别是最近几年。富田小姐呢？"

"我也是，吃一吃老妈买回来的蛋糕。"我苦笑着说，"已经不会觉得这样过会寂寞啊还是怎样。反正也不出门。"

"我老家在横滨。住在那里的时候，圣诞节我会一个人到码头去。我很喜欢在装饰着彩灯的运河边上散步。"

"一定很漂亮吧？"我想象着灯光秀的景象，"在横滨住到什么时候？"

"大学三年级的时候来到这里，开始独立生活了。所以——住到了二十岁吧。"

奥平双手捧着已经凉透了的罐装咖啡，将视线送向远方。

"我曾经是个气象少年。跟你讲过的吧。"

"嗯，把阳台当成气象台，画天气图的少年。"

"曾经有一段时间，我离开了气象研究。从上高中开始，到二十岁的时候。"

"为什么？哦，是不是加入了体育部？"

"不是。高中的时候，我遇到了他。"

"……啊……"

"你没有过这种体验吗?"奥平语气平静地问道,"有了性意识,有了喜欢的人以后,之前曾经痴迷的东西突然就变得可有可无了,甚至还会突然觉得那些都很幼稚。"

"我懂。"我微笑着。

"真的会那样。但是……"奥平略微垂下眼睛,"我非常痛苦。为自己的……欲望。完全不知道该如何处置,怎样释放。"

"……嗯。"我只能轻轻地应和。

也许注意到这一点,奥平故意让语气听起来明快一些,继续说道:"就变得特别郁闷。已经没心思去想气象那些玩意。"

"你跟那个,他,很亲密吗?"

"嗯。他、我,还有另外两个人,我们四个总是在一块儿玩。但是,高二那年的夏天,他有了女朋友。是附近的女子高中的一个女孩子,特别漂亮。他们俩,绝对是谁看了都会羡慕的一对金童玉女。"

"……是嘛。"

"刚好在同一时期,生物课上,老师讲了这样一段内容:'在由昆虫传授花粉的被子植物中,花冠在遗传方面的多样性比其他任何器官都表现得更为显著'……"

"是说……"

"这种说法显得比较生硬是吧。其实，意思是说，面对为自己搬运花粉的昆虫，植物为了使自己更加具有吸引力，会让色彩鲜艳的花朵进一步进化，进化得更美。"

"啊，原来如此。"

"听到这段话，十七岁的我就开始思考。我想，所谓美的事物，归根结底不就是一种掩饰吗？艳丽的花、漂亮的鸟、美貌的人，不过就是为了生殖繁衍才变成那种形态。人不是经常会这样说吗，所谓美人，是指遗传方面生存率较高的平均面容。也就是说，生物会将有利于自己的遗传基因有效地保留下去，而我们只不过是把这些对象当作了美。美这种感觉，就像是一种错觉。只是权宜之举……"

说到这里，奥平伸长了脖子仰望天空。在确认雪或者雨夹雪都没有之后，又接着说下去："从那以后，我就决定不再将美的事物当作美，觉得它们不过是自我变换了形态的不纯之物。比如，即便我是个绝世美男，所谓的美于我而言，也不具备任何留下后代的意义，不是吗？也就是说，像我这种人，是处在生殖原理范围之外的。所以，我有权利不去承认美的事物，不认可那种美……诸如此类吧。都上了高二了，突然得了中二病，傻乎乎的感觉。"

"我不觉得有什么傻乎乎。"不仅如此，我甚至产生一股冲动，想拥抱那个十七岁的少年。

"用这种方式来安慰自己，其实并不能让自己逃离痛苦。后来，我和他都考入了东京的大学，继续作为朋友来往。我永远也忘不了，一九九九年的除夕。那天，整个日本一片欢腾。"

"对。好怀念啊……"

"我们高中时代的四个伙伴决定一起去参加横滨港的新年倒计时活动。我到了会合地点，见他又带了一个新女友来。说是在打工的地方认识的，比他大一岁，依然是一个令人惊艳的美女。看着他俩肩并肩走在前面，我突然做出了一个决定：这将是我跟他的最后一次见面。"奥平转过脸来，开玩笑般地又加上一句，"而且，那天也是个做了断的好日子。"

"正赶上千禧年。"我也附和着跟上一句。

"我就挤在人群当中，悄悄地离开了那里，就当作是走散了。从那天以后，我就与他断了联系。虽然也觉得有些抱歉，单方面的。"

"难道，到东京开始一个人生活也是……"

"也是想所有一切都从头来过吧。他如今在哪里，在做什么，我都不知道，只是偶然从别人那里听说，他已经结婚成家。"

"……这样啊。"

"话再倒回去一点……"

奥平站了起来，向亭檐外面迈出了一步。

"就是在千禧年前夜，我一言不发地从大家面前消失之后发生的事情。当时，我也不想回家，就一个人在横滨的街头游荡。但是，不管是红砖仓库还是山下公园，全都人满为患，那种状况倒也不难想象。我就一直朝着山手的方向走，走进了一座小小的儿童公园，那里有一个大象形状的装饰物还是长凳来着，我就糊里糊涂地坐了下来。我想，自己当时大概也没哭。"

"哭了不也很好吗？"

"如果放在现在，我想大概真能哭上一哭。"奥平眼角的皱纹聚在一起，接着说道："就这样，待了一会儿，天上开始飘起了雪花。后来我查了一下才知道，那天的气压配置是很强的冬季型气压，西北风与从东北方向绕行过来的风在东京湾附近相遇，形成交汇区雪云……哦，这种事情无所谓哈！"

我笑着点了点头，示意他接着说下去。

"那天，我就像今天这样，穿了一件藏蓝色的大衣。袖子上渐渐地落满了雪花结晶。很多漂亮的、真的是顶顶漂亮的树枝状六花落在上面。看着那些形状完美的结晶体渐渐消融，我突然意识到一件事。说是意识到也好……也可以说是回想起。"

"回想起？"

"就是，我曾经知道的事情。雪花结晶诞生自云中的一种物理作用，仅此而已。没有目的，也没有含义，只是因为一种偶然，就形成了那么完美的立体或是几何学图案。与性、欲望、遗传基因这些东西统统都没关系。可是，不管谁见到雪花结晶，都会觉得美。它们美得纯粹，美得货真价实。这件事，我本来从小就知道的。"

胸口像被堵住一样，我一时说不出话来。吞下一口唾液，终于发出了声音，却只是："……真的。"

是啊。确实是这样。在这个世上，可以称之为美的，不只是花、鸟、人。雪花结晶、云朵、天空都可以让你窥探到那种无机的美。那种美并不渴望被发现。它们只是客观存在的美。圣洁、无常的美。这件事，我也知道得很清楚。知道却……

"就是因为回想起这件事，我，才终于又做回了一名气象少年。不，已经不是什么少年了，而是个名副其实的气象宅。"

与半眯着眼睛的奥平对视着，我的鼻子突然一酸。

这个人，并不是什么能够轻松控制欲望的人。他因为欲望而经受的折磨比任何人都要多。这是一个憎恨过美，又能够重新发现美的人。我更加确定了自己的看法：他果然很出色。

奥平突然"啊"的一声，迈出去两三步，仰望着天空，张开了双臂："下起来啦！"

"真的吗？"我也急急忙忙地站起身来，走到草坪上。

确实有白色的东西飘舞着落下来。并不是雨夹雪，是真正的雪花。我仰头向天，感觉脸颊上有冰凉的东西在融化。

雪越下越大。我们到长凳上拿来手机和折叠伞，走到离灯光比较近的地方，开始拍照。

撑开伞，将手机调至相机模式，首先通过镜头观察落在伞面上的雪粒。手机上安装了一个微距镜头。虽然是在百元店里面买的便宜货，但是好用到令人惊讶。将镜头靠近结晶体，能够看到非常详细的构造。

将镜头的位置偏移一些，我发现了漂亮的六花。

"这个，是树枝状的六花吧？"我问在一边观察着的奥平。

"是啊。你看，结晶的周围是不是带着一些雾蒙蒙的东西？那叫云粒。有没有云粒是一个非常重要的信息。"

透过镜头看到的树枝状六花，先是从云粒开始融化。随着云粒的消失，发白的结晶体开始变得透明起来。晶体很快就变成了形状堪称完美的六花。但那只是一瞬间，六根分枝眼看着变短，变成了一个不规则形，最后化为一颗水滴。

我认真地寻找着晶体，拍照，入了迷。不知是不是因为自己太不专业了，我看到的全都是六花。除了树枝状的，还发现了宽六花和像是十二花一样的晶体。但那种只是由六根针晶构成的最简单的六花——星六花，却一直都没有找到。

身边的奥平正在拍摄伞面上的雪花，我问他："有吗？星六花。"

"唔……还没发现。"奥平一边继续着自己的观察一边答道。

"是吗……今天的云大概造不出星六花吧？"

"你看这个。是带有棱片的六花哦！"

"无论如何，我也要拍到星六花的照片。这是我今天的最大目标！"

"你会用来当手机屏幕背景吗？"

"会。当然，还会为了项目投稿哦！"

说到这里，我突然想起一件事，"对了。我还有一件事想向奥平先生坦白。"

"什么事？"奥平抬起头来。

"其实，我不具备什么气象宅的素质。我说自己在收集云朵和天空的图片，那是骗人的。是为了讨你的喜欢才说的。"

"原来是这样啊！"

"不过，星六花我一定要找到！不管怎么说，那可是我的晶体呢！"

"请注意，现在我们正在采集数据，"奥平故意板起面孔说道，"正确来讲，我们希望大家拍摄的，不是找到，而是遇到的东西。"

"哟！够严格的。好像在说结婚对象。"

奥平开怀大笑起来。看着他，我心中暗想：认识这个人，真好。

我现在，也能发自内心地笑出来了。

寻找菊石的方法

钦钦钦，钦钦钦。

随着距离越来越近，声音渐渐地大了起来。是用锤子之类的工具敲击硬物的声音。

已经能够听得很清楚了。声音果然是从流过左侧山谷的河川——更上游的方向传来的。

沿着山野小径一路跋涉，一棵粗壮的云杉挡在眼前，断了去路。视线落在山谷的斜坡上，只见沿坡向下，泥土出现了一些黑乎乎的凹陷。也许就是声音的主人下坡时留下的足迹。

朋树将蓝色的帽子重新戴好，扣得更深了一些。他谨慎地向下踏出一步。湿润的土壤中混着落叶，脚感柔软，似乎没有滑落下去的危险。

手刚刚扶住眼前的树干，就听一只蝉在头顶方向"吱——"地发出一声长鸣，唰的一下飞走了。是在东京没见过的品种，不知道叫什么名字。林木茂密，朋树一路抓着枝条，沿着四五米高的陡坡慢慢朝坡下移动。

终于安全地站到了河滩上。他跺了跺脚，抖去白色运动鞋上的泥土。发现左脚的鞋跟上沾了些泥渍，朋树忍不住连连咂舌：这双匡威，刚买没多久呀……

他重新振作，向着河流的上游方向走去。河滩上铺满了大大小小的石块，看上去白花花一片。没有必须绕开的巨石。

河宽大约十米。水流缓慢，浅澈见底，连河底的鹅卵石都看得清清楚楚。

钦钦钦！尖促的声响在山谷中形成回音，震动着朋树的鼓膜。声音的出处在河对岸。虽然近在眼前，但是偏偏有一道突出的山崖，从对岸的斜坡一直伸到水边，挡住了视线。

又走了一段，山崖那边的河岸景象终于展现在面前。只见一个男人背朝这边，蹲在地上，右手挥舞着锤子，像是正在敲击脚下的石块。他在长袖衬衫的外面穿了一件垂钓者常穿的那种多口袋马甲，头戴卡其色帽子，帽檐下露出的发际是银白的。一定是他。那位姓户川的爷爷……

朋树继续观察着对面的情况。过了一会儿，户川停下了手上的动作。他喘了口气，正想舒展一下腰背，突然发现了朋树的存在。但他只是透过眼镜镜片投射来讶异的目光，转身又返回到作业中去了。

又敲了几分钟石块之后，户川放下了锤子。他慢慢地站起身来，伸手去拿放在地上的水壶。他一边盯着朋树，一边喝了几口水，润过喉咙之后，默默地伸手指了指河面。其意不言自明：河水很浅，想看就过来看。

朋树决定过河。他脱下匡威，将袜子塞进鞋窠，一手拎着一只鞋，小心翼翼地伸脚试探。脚尖刚触到河水，朋树就打了个激灵，猛地把脚缩了回来，水比他想象的要凉。

朋树又一次踩进水里，水深刚过脚踝，他稀里哗啦地一路向前蹚，走到河中央，水面依然在膝盖以下。朋树脚踩在湿乎乎的石头上，一步一滑，却没有跌倒。终于过了河，只有半裤的裤脚沾湿了一些。

户川并没有关注朋树的状况，又开始挥舞起锤子。他正在砸的是一块比橄榄球略小一圈的石头。朋树光着脚靠近过去。还有两米左右的距离时，户川回过头来看着他。

"就到那里，"他抬起左手低声命令道，"不然会被碎石子迸到。"

朋树站在原地不动。户川又挥动了几下锤子，手底下突然发出闷钝的声响。石头断开了。朋树伸长了脖子，户川将石头里面亮给他看。只见发黑的断面呈螺旋状隆起，像一个巨大的蜗牛壳，有些眼熟……

"满德尔塞拉斯①……"户川像是念诵着什么咒语一般叨咕了一句，用戴着手套的手摩挲着褶皱部分。

"是菊石吧？"朋树又向前挪了几步，问道。

户川将眼镜拉下去一些，缩起下巴，眼睛朝上看了过来。朋树不由自主地将手扶在后脑勺上，隔着帽子。

一张方方正正的面孔，两道宽眉已雪白。朋树看着他眼角处深深的鱼尾纹，心里暗自估摸着：年龄大概跟外公差不多吧……只见他马甲的胸口插着两支三色圆珠笔，下面的口袋里揣了个小小的笔记本，露出绿色的边。

"不是本地孩子吧？"户川的脸上不带一丝笑容。

"不是。"

"城里来的？札幌？"

"东京。"

"那儿的孩子，知道的可真不少呢！"

"菊石什么的我知道啊！中生代的标准化石②。"

"嗬！你很喜欢？"

"一般吧。但是考试会考到的嘛。"指的是初中会

---

① 即满德尔菊石（Mantelliceras），生存于晚白垩纪海洋中的一种菊石。

② 亦作"指准化石"，即可用来确定地层地质年代的已灭绝的古动物或古植物化石。

考。作为理科备考，关于地层和化石也需要掌握最基础的知识才行。

"考试啊。"户川自言自语着，将化石塞给了朋树。比看起来要重。一直到细微部都完好地保持着漂亮的立体感，但是漩涡却少了三分之一的样子。

"那我问问你……"户川指着朋树手里的东西，"菊石究竟是什么东西？"

"什么东西？是海里的生物啊！像贝壳那种的。"

"贝壳？那它们生活在海洋中的什么地方，以什么为食物？"

"那我就不知道了。考试也不考那些。"

户川用鼻子冷哼了一声："这就是你的'知道'？标准化石之类的，对菊石们来说根本就无所谓吧？"

"哦，倒也是。"这就开始说教了？朋树露出了一脸不服气的表情。

"为了考试也不考的内容，特意跑到这种地方来？"

"嗯，因为刚才我去了市内的博物馆。正在那看菊石化石的时候，有个阿姨，像是做清洁的，过来告诉我说，如果想自己采集化石，可以去尤赫罗川。她说，从三泽桥那儿朝上游方向走，应该能遇见一位姓户川的爷爷，在采集化石。"

"可能是吉江……"户川叹了口气，"既然去了博物馆，什么都没读到？那里有解说牌吧？上面写着关于菊石的生态情况。"

"哦……没看。"

那是一座非常小的博物馆，除了菊石几乎没别的。看到小学生可以免费入场，朋树就溜达进去瞧，展厅里根本没人。还没转上一圈，朋树就觉得没劲，正要出门却遇见一个拎着水桶、带着橡胶手套的阿姨过来跟他说话。

朋树也听妈妈说过尤赫罗川，据说是一条很美的河流。他先回到外公家，从仓库里找出一辆旧自行车，凭着手机上的地图，向三泽桥方向骑行了大约二十分钟。原本只是打算解解闷，出来看看河川，如果什么都没有，就原路返回。

到了三泽桥，从桥上眺望着潺潺水流，却听到从上游方向隐隐约约传来声响。就是那个钦钦钦的声音。一想到大概是采集化石发出的声音，朋树就突然想看看现场是什么样的。他从桥头附近进入一条细窄的山路，一直走到了这里。说是好奇心也罢，说是消磨时间也无不可。

"那么，你有什么想法？"户川又将眼镜抬起来，"想采集试试，还是不想？"

"这个嘛……试试也行。反正也没别的事儿干。"

"对城里的孩子来说，这里挺无聊的吧？"

"说实话，确实无聊。"

朋树耸了耸肩答道，同时在心中对那位吉江阿姨抱怨起来：阿姨，看人有问题呀！我还以为这里会有一个笑眯眯、肯耐心教导、喜欢小朋友的老爷爷呢，正常都会这么想吧！

户川从双肩包中掏出锤子和劳保手套，还有一个全透明的像是水镜一样的东西。先递过来的锤子从头到杆都是金属材质，一体式构造，套着橡胶手柄。看上去用得比较狠，锤头的敲击部位磨损得圆而秃。究竟砸了多少块石头才能搞成这样啊……

"这个是采集化石专用的锤子吗？"朋树一边掂量着重量，一边轻轻地用它锤击着自己的手掌。

"是岩石锤。敲石头的时候，一定要戴上护目镜。"户川用手指点了点自己的眼镜镜片说道。

"那，怎么开始？"朋树一边戴上手套一边问道。

"先要找到团块。"

"团块？"

"就是这种圆石头。"户川拾起刚才敲断成两截的石块中的一截，沿着外侧的曲面用手画了道柔和的弧线。"准确说来叫作石灰质团块。大小从几厘米到几十厘米不等。是碳酸钙经过二次浓缩凝固在一起形成的，一般都呈球形或者透镜状的扁圆形。也有的是生物的尸骸被分解时，水中的碳酸钙包裹住残骸沉淀，形成团块。"

"哦……也就是说，里面封存着化石，对吗？像胶囊那样。"虽然不懂那些科学术语，但是大概能想象出来。

"当然，不是所有团块里面都包着什么东西。只是团块中的化石大多保存状态比较好。"

"可是……"朋树环顾了一下河滩说道，"到处都是这种圆石头啊。"

"单从外观上进行区分，对于初学者来说比较难。这一带暴露出来的岩石都是虾夷层群①中部的泥岩和砂岩。质地比较软，用锤子很容易就能够凿开。相比之下，团块的密度较大，质地坚硬。所以，首先要通过敲击团块时的感触和声音来判断。"

朋树想起了刚才一直听到的声音。看来关键是要找到可以发出那种钦钦钦的声音的石头……

户川指了指脚下，继续说道："河滩上也会有团块。但是河滩上的石头中会混有来自上游的火成岩和变质岩，需要注意。那种石头也都被磨得圆溜溜的，跟团块一样坚硬。从埋在山崖或山坡上的石头，或者

---

① "虾夷"是北海道的古称。虾夷层群指的是分布在北海道中轴部的距今约1.2亿至6800万年前的白垩纪地层。

掉在它们旁边的石头中去寻找，概率会比较高。"

户川说完之后，盘腿坐在石面上。他将刚才的菊石装进一个厚厚的塑料袋中，用记号笔写上数字。做完这些之后，他翻开那个小小的绿色笔记本，开始记录起来。

啊？收工了？朋树有些困惑。没办法，只好出声问道："请问……"户川皱着眉头抬起头看他，一言不发地用圆珠笔笔尖指了指山崖的方向，似乎在说：不要啰里啰唆的，先干起来。

朋树手持锤子走近了山崖。大概是河水上涨时遭受过侵蚀，一直到两米左右的高度都没有植被，地层直接暴露在外面，没有岩石或者土壤附着。

朋树在山崖正下方的地面逡巡了一下，抓起一块垒球大小的石头。选择的标准无非是看起来尽可能圆一些。他将石块拿到一个比较平坦的地方刚放下，就听身后传来户川的声音，"喂！有没有忘了什么？"

护目镜！朋树急忙返回，拿了护目镜走回崖边。趁着户川没注意，迅速摘下帽子，飞快地戴上眼镜，然后马上又将帽子扣在了头上。

朋树在刚才那块圆石头面前蹲下，膝盖着地，锤子的手柄握得很靠前。对朋树而言，此类砸石头的经历当然是从没有过的。就连敲钉子的经验充其量也就两三次而已。他不知道需要多大的力度。

先试着轻轻地敲敲看，发出"哐"的一声响。再试着加一点力，石头表面出现了凿痕，但依然没有断开。朋树将锤子举过头顶用力砸了下去。这次石头裂开了。或者说碎掉了才更准确。他抓起小碎片，劳保手套的指头沾上了淡褐色的粉末。

"是泥岩。"户川说道。他一边在笔记本上做记录一边说："不是团块。"

"……我猜到了。"朋树装出满不在乎的样子，拍了拍手，"声音不一样。"

"泥岩是沉积在海底的泥浆凝结形成的。"

"这个，我知道。"在补习班学过。沉积岩的一种。

走了几米，朋树又捡起另一块石头。跟刚才那块差不多大，显得略平一些。朋树将它放在地面，又挥起了锤子。这次发出的是"咣"的声音。渐渐加力，又敲了五六下，石头从正中间断开，露出粗粝的断面。

"砂岩。"户川依然盘腿坐在地上，"也是同样的沉积岩，但是比泥岩的颗粒要粗。"

"……嗯。"

如果早知道不对，砸开之前说一声嘛！朋树悻悻地将石头和想骂人的情绪一起丢了出去。

朋树带着半是破罐破摔的心理，随便抓起一块有些圆的石头就开始砸。如果声音发钝，他就丢下找下一块。如果感觉声音略显高亢，就一直砸到断开为止。

干了将近半个小时，一共砸开了八块石头。连朋树自己都知道，没有一个是团块。当然也没有找到像是化石的东西。

这里的日照强度和炎热程度与东京的八月截然不同。但是不停活动也出了汗，汗水流进护目镜里面。朋树将护目镜拉到脖子上，用T恤衫的袖子擦着脸上的汗，身边突然传来户川的声音，"怎么样？"不知何时，他已经站到了朋树身后。

"全部扑空。"

"扑空……？"

户川握起自己的锤子，向崖边走去。他将锤子另一面的尖头敲进及腰高的位置。尖头嵌在里面一撬，崖面上就剥落下来一块石头。

"沿着这个高度，像这样撬撬看。"

朋树稍微与户川拉开了一点距离，同样用锤子的尖头敲进地层中。感觉像是干掉了的黏土。砸进去一些之后，崖面成块地裂开了。朋树学着户川的样子轻凿浅挖，沿着这片领域横向推进。

两个人并排敲了一会儿，朋树的锤头突然碰到了一个比较硬的物体。同时，崖面开裂了很大一条缝，里面现出一块略呈圆形的石头。

"有可能是团块。挖出来看看。"户川在旁边说道。

朋树将周围的黏土进一步刨掉，利用杠杆原理用锤子将石头挖了出来，拿在手里沉甸甸的，大概有朋树带着去补习班的便当盒那么大，只是没有棱角罢了。

朋树将石头放在地上，轻轻地敲了敲，发出钦的声音，同时锤子被反弹了回来。是至今没有过的手感。他抬头看着户川，对方冲他点了点头。果然是团块。

朋树突然来了劲。他重新握牢锤柄，用力敲打起来，五下、六下、七下。石头毫发无损。锤子每一次反弹回来，都震得手掌发麻。

"啊！"

锤子一下子敲在了按着石头的左手食指上。虽然只是夹到指肚，但摘下手套一看，已经起了个大血泡。晦气……朋树报复般地将锤子举得更高，猛力砸了下去。

不知敲了几分钟，石头表面的伤痕渐渐变深，突然声音变了。大功告成？——朋树砸下了决定性的最后一击，石头终于断裂成三块。

他忙将锤子丢到一旁，抓起最大的一块，眼睛盯着断面仔细观察。接近表面的部分发白，中心部分呈灰色。细腻得泛着光泽的质感，明显与其他石头不同。但也仅止于此。无论哪一个裂块中都没有发现化石一样的物质。

"可惜了。"户川蹲在旁边，表情淡漠地说道，"这种情况才叫扑空。"

"都搞到受了伤……真倒霉。"朋树这才感觉到食指的痛。

"今天就到这里吧。"

"啊？"

"马上就要下雨了。"

朋树抬头看了看天。果然，太阳不知何时已经隐去了身影。

"想来的话，可以再来。"户川说道，"我明后天都会在这里。"

北边的天空中，黑色的云团正以盖顶之势朝这边渐渐迫近。

朋树没有直接回外公家，而是骑着自行车向位于小城边上的博物馆奔去。刚过四点半。如果五点闭馆的话，应该来得及。

雨点儿开始滴滴答答地落在额头。搞不好路上就会下大雨，好在身上也没有什么怕淋湿的东西。

进入一直通往站前的双车道，两侧开始稀稀落落地出现一些建筑物。几乎都是些空房子和空店铺，人行道上也不见人影。第一次看到这种鬼城一般的景象时，曾经觉得有点恐怖。如今，到这里已经过了一周的时间，朋树清楚地知道，这座偏僻的小城里，人们的日常生活仍然不间断地持续着。

走到半路右转，朋树立起身子奋力将自行车蹬上坡。在第二个转角的前方，目标建筑已经进入了视野。是一座箱形的二层楼房，陈旧的奶油色外墙看上去已经很久都没有重新粉刷过了。若不是挂着个写有"富美别町立自然博物馆"字样的牌匾，看上去就像是公民馆。

在玄关的屋檐下停好自行车，玻璃门开了。那位吉江阿姨走了出来。看样子是准备下班，手里拎着一个小小的布艺背包。

"咦？刚才来过的吧？"

"您好。"

"尤赫罗川去过了？"

"嗯，去过了。"

"见到户川馆长了吗？"

"馆长？"朋树颇觉意外地复述着这个词，"那个爷爷是这里的馆长？"

"啊，应该说是前馆长，他曾经是这里的馆长。"吉江回头看了看馆内，吐了下舌头，"在我的心目中啊，只有户川先生才是这里的馆长。"

难怪……在朋树心里，户川学者般的言谈举止一下子有了合理的解释。若有所悟的同时，他又想，态度那么生硬的一个人，居然在这样一所面向普通大众的机构里当过头头。

"嘻，说三道四的人也不是没有。"

"什么……"朋树刚想问个究竟，吉江却先发问了："你采集到化石了？"

"没有。"

"哎哟哟。那可真是不走运呢。还是我建议你去的，有点不负责任了呢。"吉江面带歉意地垂下眉尾。

"看来，还是有一定的难度啊……"吉江像是自言自语般地小声絮叨着。朋树朝她欠身行了个礼，进了博物馆。

不知是不是正在做闭馆准备，前台没人。展厅那边也依然一片沉寂。朋树用眼尾的余光扫过陈列在玻璃柜中的菊石标本，朝着挂在墙上的陈旧的解说牌走去。

在"菊石之乡——富美别""尤赫罗川和虾夷层群""产自富美别的菊石化石"等标题下，有一些褪了色的照片和说明文字。

朋树停在一个写着"什么是菊石？"的解说牌前。读到开头一句话，不自觉地发出了声音："哦……"

"菊石，经常会被混同于海螺等螺贝类，但从分类学来说，应属于乌贼和章鱼的伙伴……"

*

富美别是夹在三笠市与夕张市之间的一座小镇。

这一带过去曾因富产煤矿而繁荣一时，朋树在补习班的课堂上对此曾有耳闻。包括夕张等地如今正处于财政危机之中。但是补习班的讲师强调说，需要记住的不是这种事情，而是日本煤炭的第一大进口国是澳大利亚，第二是印度尼西亚……

也因为没有其他产业，富美别的人口正在急遽地逐年下降。出生并成长于此的朋树妈妈，恐怕也属于毫不犹豫地离开家乡的那类人。到东京读大学，毕业之后直接就职于东京都内的一家食品公司，与神奈川县出生的朋树爸爸结了婚。如今俨然一副生来就是东京人的派头，一边工作，一边带着朋树住在位于丰州的一座高层公寓里。

妈妈至少两年回一次娘家，但朋树上次来富美别已是三年半以前了，是在小学二年级时的新年，跟随父母，一家三口一起回来的。他清楚地记得外公在市营滑雪场教自己滑雪的往事。

外婆将满满一大盘炸鸡摆在餐桌的正中。鸡块在盘子里堆成一座小山。

"吃点炸鸡怎么样……"外婆观察着朋树的神色说道,"我记得啊,小朋上次来的时候吃得很开心。现在也还喜欢吃吧?"

"嗯,喜欢。"

"那就多吃点。"

喜欢不一定就能多吃……如果是对老妈,这种话早就说出来了,但是对难得见面的外婆,当然开不了这样的口。朋树是以缓解学习疲劳的名目到这里来静养的。来到空气清新凉爽的北海道,食欲也依然没有恢复过来,外婆看在眼里,难免急在心上。

朋树一小口一小口地咬着炸鸡块,刚洗完澡出来的外公穿着一件跨栏背心走了过来。外公从市政府退休之后,从熟人那里租了一块地,每天都会下田干农活。厨房的篮子里装的番茄、玉米什么的,都是外公自己种的。

"哟,有炸鸡嘿!"外公从冰箱里拿出一瓶啤酒,来到餐桌前。他看到朋树还戴着帽子,不由得皱起了眉头。

"不管你到底有多喜欢这顶帽子,回到家里也应该摘下来吧?"

"不摘,我愿意这样。"朋树看都没看外公。

外公略显不快地将啤酒倒进玻璃杯，一口气喝干了。他发出满足的吐气声，神情缓和了下来，"今天都干吗了？"

晚饭时间的例行提问。如果遇上除了玩手机游戏之外啥也没干的日子，回答起来还蛮辛苦的。

"去了博物馆。"今天可以诚实大方地报告，轻松多了。

"是那里吗？房子很旧，收藏了很多菊石的地方。"外公往杯中注入第二杯啤酒。

"嗯。然后，那里的保洁阿姨告诉我可以去采集化石，我就去了。"

"采集化石？你自己？"

"不是。在尤赫罗川那里，有一个叫户川的人教我来着。"

"户川？"外公的眉毛又皱在了一起，"是那个户川？"

"那个人……"正在将味噌汤端到桌上的外婆接过话来，"是不是戴着眼镜，四方脸的爷爷？"

"嗯，据说原来是博物馆的馆长。你们认识？"

"说是认识也行……是吧？"外婆跟外公对视了一下。两个人的表情变得有些不太好形容。

"朋树，你告诉他你的名字了吗？"外公放下杯子问道。

"唔……没有。"

"说了人家也不会知道的吧?"外婆在一旁插话道,"又不跟我们一个姓。"

"那,外公的事情对他说了吗?"外公指着自己的脸问道。

"怎么可能说呢?"朋树有些不耐烦地放下了筷子,"怎么了?那个人有什么问题吗?"

外公盯着朋树的脸,深深地叹了一口气。

"朋树,不要再去采集什么化石了。"那语气,与其说是命令,倒更接近于恳求。

"为什么?那个叫户川的人,是什么危险人物吗?还是怎么?"

"不是那个意思。"外公又干了一杯啤酒,"发生过不少事情。"

"哦……"朋树的声音冷了下来,"所谓大人之间的事情,对吧?"

"对了小朋,明天帮外公到田里去干活吧?"外婆努力想改变话题,"偶尔下田干干农活也很开心啊,肚子也会感觉饿的。"

"如果骑自行车的话,去尤赫罗湖也不错。"这次轮到外公说话了,"那里有很漂亮的自行车专用道哦!"

距此十分钟左右车程的那座湖，朋树在这次来富美别的第一天就看到了。那天外公开着车到新千岁机场去接他，在从机场回家的路上特意从那儿经过。大概是想打造成一个观光景点，湖畔有公园和露营场地，但是游人稀少。

朋树含含糊糊地应了一声，将嘴里的炸鸡和着味噌汤吞了下去。

心不在焉地跟外公外婆一起坐在电视机前，手机振动起来。时间刚好是晚上九点。妈妈的定时联络准点到达。朋树接起电话，一边说一边上了二楼，进了专门腾给自己的和式房间。

"怎么样？晚饭吃的什么？吃得下了？"妈妈抛出一连串的问题。

"吃过了。吃了两块炸鸡，半碗饭，还有味噌汤。"

"哦，那还算可以吧。怎么了……说话有点没精神的样子？"

"唔……因为刚才在想事情。"

"想家了？"

"怎么可能嘛！你怎么样？马上就一周了。"

"哎呀，妈妈这边倒是危险呢。开始觉得孤单了。"妈妈短促地笑了一下,接着又问:"刚才说想事情,想什么事情?"

"没什么要紧事。"朋树答道。他突然想起来,"妈妈,你知道一个姓户川的人吗?以前是这里的博物馆馆长。"

"户川?不认识,那个人怎么了?"

朋树把今天的事情讲给她听。作为母亲,也许是觉得儿子在乡下正在渐渐恢复状态,有些夸张地激动起来,言语之间不乏鼓励。

"户川那个人,好像外公认识。"朋树最后加了一句。

"哦,那很有可能啊。外公原来在市政府教育委员会的事务局工作了很长一段时间。不只是学校,博物馆也是他们工作范畴内的。"

"……原来是这样啊!"

"实际上,妈妈也,"电话那头的声音带着些炫耀,"曾经采集过菊石的化石哦!刚好差不多跟朋树一样大的年纪,参加儿童会的活动。"

"啊?那么硬的团块,你也砸开过啊?"

"什么团块?"

"就是那种圆圆的石头啊,里面有化石。必须得用锤子砸开才行。"

"那我倒不记得了呢。当时,我们就用铁锹之类的工具挖山崖上的土，然后就出来了哦！但都是些小小的化石碎片。"

"咦，还有那样的地方啊。"

洗过澡了吗？衣服和内衣带得够吗？妈妈的问题无休无止，朋树突然打断了她："妈妈，"来到这里之后，有件事他心里还一直牵挂着，"补习班那边有联系吗？"

"……嗯，前天吧。"妈妈稍微踌躇了一下，"田中老师来电话了，问暑期讲习的最后一期，有没有可能参加。"

"是从八月十八号开始的那个吧。"

"我当然没有答复。什么时候恢复日常活动，必须得去医院问问医生才行……"

医院，指的是心理诊所。

从进入七月以后，朋树开始无法去补习班上课了。也并非厌学，模拟考试的成绩一直保持在优等。与补习班的讲师和朋友们相处得也不错。就连现在，他也依然想去上课，有一种非去不可的感觉。但是，他只要一出家门，就开始剧烈腹痛，呕吐。而且还不止这些……

朋树挂了电话，摘下了帽子，伸手摸着后脑勺的左侧，那里秃了一块，有十圆硬币那么大。斑秃。虽然妈妈说藏在头发下面不会有问题，但是朋树不戴帽子死活不肯出门。幸好小学随后就放暑假了，但是，他一点都不想让补习班的朋友们知道这件事。

他们也去了规模比较大的医院做检查，并没有发现什么异常。在皮肤科开了些治疗斑秃的药物之后，又被转到了心理科。主治医师说，胃肠不适以及脱发都有可能是升学考试的压力造成的。另外，在朋树本人并无察觉的情况下，父母的分居状态也有可能对他造成一定的影响。

但是，爸爸离家已经是一年多以前的事情了。爸爸工作非常忙，一起生活的那些年里，平时也很少能见到。夫妻分居之后，爸爸每个周末都会带朋树一起出去吃饭，所以生活也没发生太大的变化。

无论原因是什么，如果是精神方面的不适，那么能够采取的措施也是有限的。在医生的建议下，他们决定暂时停止备考的功课，尝试改变一下生活环境。就这样，朋树连学习参考书都没带，只身一人来到了富美别。

*

朋树按照跟昨天一样的路线来到河滩，又听到了那个熟悉的声音，钦钦钦……

双肩包中装了矿泉水、毛巾、防寒服，还有一块平板巧克力。万一遇到什么情况，朋树可不想被电视新闻曝光，让人以为他是一个轻视北海道大自然威力的东京小学生。

他告诉外婆自己要去尤赫罗湖骑行。为了来这里而不惜说谎，理由有两个。一个当然是为了雪耻。昨天泡澡的时候，看着左手食指上的血泡和右手握锤磨出的水泡，心中又一次觉得十分不甘。他可不想连个菊石的碎片都没找到就放弃。

另一个理由，是对户川这个人感兴趣。为什么外公不让朋树接近户川呢？从他说话的口吻来看，两人之间一定起过什么争执。也许他们当年曾经因为工作上的事情发生过矛盾。

朋树昨晚躺在被窝里，在手机上查看了博物馆的网址。博物馆的工作人员仅有三个人——馆长、学艺员①、非全职员工（大概是前台的年轻女性）各一名。一年会举办数次化石鉴定会和自然观察活动。能够了解到的只有这些，没有任何关于户川的信息。

---

① 日本的一种国家级从业资格，由文部科学省认定，在日本的博物馆从事专门职位的工作需要持有学艺员资格。其工作包括博物馆的资料收集、保管、展览及调查研究等。

朋树又在搜索栏里输入机构名称和"户川"的名字，看到了十多年前召开的市民讲座的通知。户川作为当时的馆长进行了演讲，其中有关于他的个人资料。"一九四八年出生于富美别。北海道大学研究生院毕业后，曾于北海道道立科学博物馆担任研究员，一九九六年起任现职。"——也就是说，他在不到五十岁的时候，辞去了大型博物馆的工作，回到了家乡的博物馆担任馆长。

另外，吉江说的那句话也让朋树感到好奇——"说三道四的人也不是没有"。朋树猜想，户川是不是做了什么事，遭到了当地人的敌视和疏远。他试着搜索，但是网上却找不到任何相关的记述或者留言。

不管怎样，朋树完全没有必要对户川进行这样那样的调查。说是出于一种好奇心也没错，但其中也有一些逆反心理。没有任何解释，只告诫他不要去接近户川，他无论如何都想不通。动辄就说是大人之间的事情，不加以说明，让他心里涌起反抗之意。

为什么要分居呢？是打算离婚吗？抚养权归谁？无论问出什么样的问题，得到的答复都是一句"那是大人之间的事情，将来总有一天你会……"就这样被排除在外，让他感觉非常郁闷。自己已经十二岁了，掌握的知识比一般的小学生要丰富，从来都不会幼稚地撒娇耍赖不讲理。只要能跟他讲清楚，他心里自然就会明白。

比如……如果把自己的情况和父母的事情告诉那个大人——户川的话，他会说些什么呢？当然，朋树并没有打算主动去说这些事。若是被人问到也会觉得很烦。但他却感觉，那个户川爷爷或许会说些跟其他大人不一样的话。

钦钦钦。声音已在附近。在山崖的那边，出现了户川的身影。

在跟昨天相同的位置挖了将近一个小时，依然没有找到团块。

趴在不远处山坡上的户川，却敲开了两个团块，从中获得了一块菊石。

即便发现了团块，户川也丝毫没有让给朋树的意思。这个抠门的老头儿，一点都没有大人样！对这个甚至连假装关心一下都不屑去做的户川，朋树心中越发感到怨愤。

他放下锤子，抓起矿泉水瓶将清水灌进喉咙里。山坡前的户川背对着他，正在打开小笔记本。

"那个，我想请教一下。"

"什么事？"户川连头都没回。

"我听妈妈说，她小时候采集化石好像更简单，似乎没有砸开过团块这种东西。"

"你的母亲是在这里长大的？"

"是。"

"以前，曾经有好几处岩床露头①，连小孩子都能很轻松地采集到化石。"

"不用锤子也能采到吗？"

"嗯。找到的当然也不是状态很好的东西。"

"那种比较好找的地方，现在已经没有了吗？"

短暂的沉默之后，户川突然有些不耐烦："要去博物馆，那里有关于这件事的解说牌。"

"没有。昨天回去的时候，我去了趟博物馆。好像没看到这方面的……"

"我说有就是有。解说牌的制作者本人还会瞎说吗？"

"啊，对了，我听吉江阿姨说了，您以前是那里的馆长。"

户川终于回过头来："你叫什么名字？"

"内村朋树。"说到这里，朋树试着打出一个直拳："我妈妈旧姓楠田。"

"楠田？"户川的眉毛挑了起来，"这么说，你是楠田重雄的，亲戚？"

---

① 指岩石、地层及矿床直接出露于地表的部分。

"楠田重雄是我的外公。"

"……原来是这样啊。"户川朝这边走了过来，手扶在眼镜上："听你这么一说，还真觉得哪里有点像。重雄可好？"

"嗯，挺好的……"

跟想象中的反应全然不同。户川的表情和声音中没有任何异样的感觉。所谓的他跟外公之间曾经发生过争执，难道只是自己想多了？

两个人面向河流坐了下来，直接进入休息时间。

"上几年级了？"户川打开水壶盖。

"六年级。"

"要考初中了吧？暑假期间没有上补习班吗？"

"有是有……现在，请了几天假。"

"……是嘛。"

看到户川洞察入微的目光，朋树下意识地用手捂住后脑勺，故作轻快地提亮了声音，继续说道："不过没关系啊。我成绩很好的。我心里有数，知道自己能休息多长时间。没有那么容易被赶上的。"

"那也不能向上赶了，对不对？"

"可是，那些偏差值^①高、排名靠前的学校不一定

---

① 一种利用标准分算法得到的与排名挂钩的数值，显示自己在某一群体中处于什么位置，一般用于衡量日本升学时考生的分数排位。

都好吧？还是要把成绩和校风综合起来才行吧？比方说，多向别人打听打听，或者上网查一查，不就可以知道一所学校真正的校风了吗？"

说这番话的过程中，朋树觉得胃里涌上一种不适感。

"挺有想法的嘛。"户川将水壶中的水含了一口在嘴里，"考进好学校，将来想做什么呢？"

"妈妈总是说，想让我做医生或者律师。可是，将来律师的生存竞争会更厉害，这一点我很清楚。风险小一点的还是医生吧？我想爸爸也会认同我的想法。虽然还没具体讨论过，但是我知道爸爸会怎么想。"

"我问的是……"

"是想问我自己想干什么，对吧？"朋树抢过话头，"不过，那不是现在能决定的事情吧？在上大学之前，想法还会有变化。反正我明白，现在要好好学习，好让将来能有更多的选择机会。但是妈妈好像就不太明白这个道理。我知道她的想法，她就是想让我从事一个能让她感到骄傲的职业。"

朋树急切地诉说着，像是在为自己辩解着什么，户川一直盯着侃侃而谈的他。

"你可真是什么都知道，什么都明白呢！"

一句看似不经意的话，让朋树的胃囊突然绞紧起来。为了不让户川发现，他只是将身体略微弯下去一点，浅浅地呼吸着。

疼痛缓解了一些之后，一直沉积在心底的东西像被扒开了一样，突然浮现出来。那是不能去补习班的真正理由。

朋树如今身陷泥沼之中，就像一块被海底的淤泥囚禁住的菊石，动弹不得。问题究竟出在哪里，自己其实一清二楚……

朋树心中有一所梦想之校。那是位于镰仓的一所初高中一贯制的私立男校。他的一位堂兄在那里读书，所以从很早以前起，他就对那所学校的情况比较了解。那里虽然是一所传统学校，但气氛很自由。教师比较有个性，不会一边倒地搞那种应试教育。而实际的升学情况又很傲人，最近，考入美国一流大学的学生也在增加……

时不时会收到这方面的信息，朋树也自然而然地对这所学校产生了兴趣。他心无旁骛，从四年级开始就到补习班去补习功课。成绩不断提高，很快就达到了名列前茅的 A1 等级。

升入五年级之后，出现了两个变化。一个就是父母的分居。自从爸爸不回家的次数越来越多，他也有了这方面的预感。朋树很喜欢爸爸。他觉得，爸爸虽然工作很忙，对自己却尽力做到了最好。所以，听到妈妈宣告说"从明天开始，我们要和爸爸分开生活了"时，他所受到的冲击至今依然余波阵阵地在心底撞来撞去。之后，大概有两三个月的时间，他完全无心向学，成绩已经处于马上就要掉到 A2 等级的边缘。

另外一个变化就是镰仓那所学校的报考条件。从明年春季的入学考试开始增设了一项，要求从家到学校的距离必须在"单程九十分钟以内"。从丰州的家到学校的路程，无论怎样赶都需要一百分钟以上。从来没有考虑过其他选项的朋树，一下子乱了阵脚。

了解到这个情况的爸爸，便建议让儿子跟自己生活，直到高中毕业。当初离家之后，公司位于品川的父亲为了方便通勤，在川崎市内租了一套公寓。确实，从川崎到镰仓的那所学校用不上一个小时。

妈妈却不同意。她列举出很多理由，比如爸爸不懂得营养搭配，每天回家太晚，房子太小之类的，都是些细枝末节的东西。朋树觉得，妈妈的担忧大部分还是出于与儿子分离所带来的不安和落寞。而从朋树的角度来看，丢下妈妈一个人，他也不太放心。看到母子二人的反应，爸爸又提出了一个新的建议：朋树可以一到周末就回丰州的家。

然而，大约在两个月之前，朋树无意中知道了妈妈心中另一个更大的忧虑。那天晚上，朋树在客厅里偶然听到了妈妈跟外婆通话的内容。当时，妈妈将手肘支在餐桌上，拄着下巴，对着话筒这样说道："……可是呢，我觉得有一种可能，他也想利用跟朋树住在一起这件事，来争取抚养权……"

朋树立刻就领会了这段话的意思。能跟外婆谈到这个程度，说明离婚是不可避免的了。对此，朋树已经有了心理准备。但是，自己渴望到镰仓去上学这件事居然会引发父母之间新的纷争，却是他从没想到过的。

连续经历了多个失眠的夜晚。自己究竟该怎么办，既不能去问妈妈，又不能去问爸爸。就在他左右为难的时候，补习班的一则通知不依不饶地将他逼到了死角——要求学员在暑假补习结束之前，将报考的第一志愿定下来，提交申请。因为从九月份开始，就要根据不同的报考学校进行不同的应试辅导。

朋树的大脑和心里像是塞满了淤泥一样，机能停止运转。溢出来的污泥逐渐开始侵蚀身体。恐怕，朋树彻底变成一块化石，只是时间的问题……

锤子敲凿的声音让朋树回过神来。他见户川正在捡拾手边的石头，一块块敲断，观察断面。那些都是散布在河滩上的圆石头，形状都差不多，并非团块。户川将一些石块扔掉，一些则放在桌面形的岩石上摆好。

岩石上的石块摆到七个的时候，户川开了口："觉得自己无所不知，也很危险。"

"哦……"朋树只发出了一声沙哑的回应。

"特别是对于你这种聪明的孩子来说。父母的谈话、课堂的内容、电视上的新闻，只要耳朵听到了就会很自然地钻进脑子里。"

"可是，哪里……危险呢？"朋树虽然不想追问得太细，但又忍不住想搞明白。

"比如，你能把这里的石头做个分类吗？"户川指着七块石头问道。每一个都是断开的石块的一部分，可以看见里面新鲜的截面。"名称无所谓，只要将同样的分在一起。就是幼儿园里玩的那种游戏，找同类，将相似的类型放到一起。"

朋树有点别扭，他觉得自己像是被当作了观察对象。但他还是从边上开始，按照顺序抚触着石头截面。他先挑出了两块。

"这两个……"朋树从嗓子眼里挤出来一个答案，"我想，大概是泥岩。"

"正确。"户川点头。

其他的五块石头，颗粒偏粗糙，每一个都在色调上有一些微妙的差别。说它们一样也可以，但若说它们不一样，确实又各不相同。朋树失去了判断的标准。他犹豫了一会儿，半是赌博般地说道："剩下的……都是砂岩。"

"不对。能称为砂岩的,只有这个和这个。"户川分出其中两个石块,"剩下的三块当中,这两块是安山岩,属于火山岩的一种。最后一块,连我也不认识。我想大概是变质岩的一种吧。"

"可是,这种事情……"

"因为没学过所以没办法是吗?可是,我问的不是石头的种类。我只是要求将相同的石块分成一类。要是连这个都不会,那不管知道多少岩石的名称,也不会懂得分类。"

"也许吧,但是这种暧昧的区别……"

"所谓知,就是辨知;明,就是分明。正确地辨别和区分,并不像人们想象的那么容易。"

户川将安山岩和砂岩拿在手里,把截面朝着朋树。

"如果了解了区分事物的关键,有时就比较好办。安山岩等火山岩是熔岩冷却凝固形成的,所以如果你仔细看,就会发现结晶颗粒的形状有棱角。这个砂岩呢,是陆地上的沙粒被运送到大海里形成的,所以颗粒的棱角都被磨掉了,是圆的。"

户川从马甲的口袋里掏出一个小小的金属放大镜,递给朋树,教了他使用方法。朋树观察比较着两个石块。

"……真的哎。"果然跟户川说的一样。

"不过，这种事情，你辨别不出也是必然的。"户川平静地说道，"我在大学学的是地质专业，上到大学四年级，也就像你现在一样的水平。"

"啊？骗人吧？"

"没骗你。"户川非常肯定地说道，"过去地质系的学生，到了三年级或者四年级，一般都可以独自画出某一个地域的地质图，会进行实地训练。一个人花上数周的时间在山里转，采集岩石，将地质分布画成地图。我当时被分到了日高地区，住在民宿里，每天都会跑到山里去。"

户川向着河水方向，重新盘腿坐了下来。

"我当时觉得自己做得不错。学习了地质构造学、岩石学以及沉积学，也掌握了用偏光显微镜观察岩石碎片的技能。跟你一样，觉得自己事事都知道，样样都明白。可是呢，一旦拿起锤子和放大镜到了野外，就傻了眼。真实的大自然充满了例外，是非常混沌的。我开始感觉到，单从岩石的外形上去看，都没有任何两块是完全相同的东西。"

朋树又重新看向刚才的安山岩和砂岩。户川选出来的这两个石块，应该还是比较容易区分的吧？如果仔细观察河滩上遍布着的无数石块，也许还会出现无限多的种类和花样。

"于是，我就将采集到的石头拿回旅馆，每天晚上仔细观看。将八叠①大小的房间当作一个调查区域，沿着自己走过的路线，将每天采集到的石头摆在榻榻米上。房间里密密麻麻的全是石头。可是，石头越多，不知道的也越多。最后，连放铺盖的地方都没有了，我就索性睡到走廊上。"

　　在民宿的一个房间里被石块围困、束手无策的户川。在铺满河边滩地的未知石块上的自己。两幅画面渐渐重合……

　　"然后，有一天晚上，我依然在房间里辗转反侧，冥思苦想，无意中抓起了一块石头。那是一块因为身份不明而被我弃置不理的石块之一。在仔细盯着它看的时候，我突然觉得，好像在别的地方看到过相似的石块。我开始重新观察那些未曾纳入考虑范围的叫不出名字的石头。不是要将它们归到哪一个固定的种类，而是试着单纯地将类似的放在一起。我突然发现，那些石头，根据某种特征可以分成两个群体。不仅如此。将它们放回到榻榻米上原来的位置之后，我又发现，这两个群体分布的边界，很自然地形成了一条线。

　　"时间虽然是深夜，但我还是不自觉地叫出了声。

---

① 日本独有的面积单位，一叠指一张榻榻米的大小，约等于1.62平方米。

紧接着，调查区域的三维地质构造，若隐若现地浮起在八叠大的榻榻米房间中。那种神奇的感觉，至今难忘。"

一直盯着河水诉说着的户川将目光转向了朋树。朋树听得入迷，一时间没能做出任何回应，只是一动不动地等着下文。

"就在那时我悟出了一个道理。求知的钥匙通常会藏在未知的事物当中。为了找到那把钥匙，首先必须搞清楚你未知的是什么。也就是说，要将已知和未知明确地区分开。"

回去的路上，朋树又在即将闭馆的时间跑到了博物馆。

他从陈列着美丽菊石的玻璃展柜的旁边经过，心情懊恼。今天虽然又找到了一个团块，但里面还是没有化石。

朋树走到一排直墙的前面，从五张解说牌的另一端开始看起。但是，他要找的东西依然没有找到。

身后传来脚步声。"每天都来，很有热情哦！"准备下班的吉江微笑着。

"咦？难道，"吉江看了看朋树的双肩包，"今天也去了？去采集化石？"

"是。虽然今天也没采集到。"

"喔唷，"吉江眉头紧蹙，"那可太不走运了。"

"户川爷爷说，没办法。那个地方本来也不是很容易采到化石的地点。"

"果然是这样啊？也怪不得这里门可罗雀咯。"吉江耸了耸浑圆的肩膀，环顾了一下展厅，"过去啊，这座博物馆也还是有一些参观者的！从全国各地到富美别来采集化石的那些地质迷。"

"可以采集的数量减少了吗？"

"唉，因为尤赫罗川也发生了变化嘛。"

"我听户川爷爷说，关于这个，解说牌上有说明，可是我刚才就一直在找……"

"啊，那块牌子啊……"

吉江略微思考了一下，伸长了短短的脖子看了看玄关大厅的动静。确认没有别人之后，她对朋树招了招手。

朋树跟在吉江的后面走出玄关，绕到了博物馆的背后。在那里还有另一栋建筑，是一栋平房，跟本馆差不多大小。混凝土的墙壁上嵌着一面大大的卷闸门，看上去像是一座仓库。

"其实是违反规定的，但是这次，就当作是得到了户川老馆长的批准好了。不过你要保密哦！"吉江伸出食指抵在嘴唇上。在建筑物侧面的铝门前，她将一把钥匙插进了钥匙孔里。

先进去的吉江在里面打开了电灯开关。首先映入朋树眼帘的，是躺在地面上的一块直径将近一米的菊石。上面积了薄薄的一层灰。这个空间大概有半个教室那么大，看上去像是被当作了堆放杂物的地方。其他还有纸板箱、塑料材质的储物箱、卷成卷的大号纸张等，杂乱地堆在一起。

吉江走近靠左边的墙壁，指着立在角落里的一块牌子说道："就是这个。"牌子上的标题是"富美别的化石产地和尤赫罗水库"。

"尤赫罗水库？"朋树根本不知道还有水库。

"没见过？"吉江问道，"在城南不是有一个尤赫罗湖吗？那个就是利用水库将尤赫罗川堰塞住而形成的湖泊哦！叫富美别尤赫罗水库，三年前完工的。"

"难道……"朋树读着解说牌上的内容说道。

"是啊。就是这样。因为水库的缘故，出产化石的地方一个个地被淹没了。"

解说牌上画的地图，用浅蓝色表示因水库而淹没的领域。用星号标出的河流沿岸的主要化石产地，大概有三分之二基本上都被涂成了浅蓝色。

"所以，户川先生也因为这件事……"

吉江给朋树讲了事情的来龙去脉。

最早提出富美别尤赫罗水库的建造计划，是在距今二十年之前。当时户川刚刚就任馆长两年多的时间。那座水库高度超过百米，建设目的是水力发电、灌溉、治水。作为国土交通省和道路管理部门的一项大工程，已经开始进行筹划。

随着工程计划逐渐确定，富美别会出现什么样的情况也逐渐明朗起来。最直接和深刻的问题是将有三百户人家沉于水库的湖底。并且，对部分相关人士来说，让他们备受打击的是，菊石化石的优质产地也有很多即将遭到淹没。

以处于计划淹没地带的居民为中心，兴起了抵抗运动。户川也以博物馆馆长的身份和立场向国家和地方政府提交了意见书，参与到运动当中。于是，有一部分人就指责他，认为他拿着政府的工资却跟政府唱反调，无异于背叛，还说如果想反对的话，干脆就辞去馆长一职再反对。

在这期间，举行了町长选举，最后水库计划推进派的候选人当选。就是现在的町长。推进派强调，只要水库建成，不仅可以提供很多建筑以及电力方面的工作岗位，町区还可以获得大量的固定资产税和电源发电设施补助金，也可以将尤赫罗湖打造成观光景点招徕游客。水库建设是如今经济处于濒死状态的富美别仅存的最后的希望。这种论调在民众当中引起了反响。

从町长的角度来看，"菊石之乡"这种标签只是一种妨碍。博物馆也成了眼中钉，而户川馆长身为町议员却是反对派的核心力量，则更成为他厌恶的对象。于是町长使出了一个卑劣的手段，通过町政府的工作人员通知户川说，因财政方面的原因正在探讨关闭博物馆。其实就是意图明显的威胁。如果想让博物馆存续下去，请辞去馆长一职——工作人员饱含歉意的脸已足以让人揣摩到町长的真正目的。

最后，户川主动提交了辞呈。那时他还只有五十七八岁。正常来讲，本可以在馆长的位置上再干十年。当时，户川似乎预感到水库的建设已经无法阻止。作为最后一项工作，他亲手制作了《富美别的化石产地和尤赫罗水库》这块解说牌，离开了博物馆。

第二年，反对运动的火焰渐渐熄灭。对淹没住户的补偿款大幅度提高，最后大家全部同意搬迁。工程立刻开工，经历了八年的时间，水库终于在三年前竣工……

"这块解说牌……"看着户川留下的这份已经旧得发黑的纪念品，朋树开口说道，"为什么要放在这里？"

"以前还好好地挂在展厅的墙上。但是大约两年前，町长命令把它摘下来。在博物馆的一次活动中，町长作为来宾出席，偶然发现了这块解说牌，气得要命。户川先生已经好几年没有来过了，所以不知道这件事。"

从展厅撤下，被丢在后面杂物间中的解说牌，与户川的身姿交叠在一起。朋树看着这块牌子，嘴里兀自嘟哝着，"可是……"

"这里，为什么要那么……"为什么要把这座又破旧又无聊的博物馆看得那么重要呢……

吉江的眼中现出一抹理解的神色，她好像读懂了朋树的本意，对他招招手，"跟我来。"吉江走到杂物区的里面，推开另一扇门，打开了里面的照明。

灯光下出现的景象让朋树惊呆了。在比展厅还要大的广阔空间里，一个个同样形状和构造的木制柜子森然林立。每个柜子的高度都相当于一个成年人的身高，数列长抽屉层层叠叠从上排到下。柜子背靠着背，形成一座狭长的岛台，而这样的岛台大概有十座的样子，一直延展到房间的深处。四周静悄悄的，那氛围会让人联想到图书馆的书库。

"这里是标本收藏库。"吉江说道，"用户川先生的话来说，博物馆的主体其实是这里。"

"这里面装的全都是菊石吗？"朋树踏进了房间

一步。

吉江抬了抬下巴，示意了一下柜子那边，调皮地抿起嘴角："我要去别处照看一下。哦，可不要碰标本哦！"

朋树走到离自己最近的那个柜子旁，超过十层的抽屉上贴着一些标签，写着"BA20031～"等字样。他试着拉开了一个及胸高的抽屉。只见十几个拳头大小的菊石，分别装在一些没有盖子的纸盒里，挤挤挨挨，摆满了整个抽屉。从形状完整到略有缺损，状态各异。

他又打开了右边相邻的抽屉。里面也密密匝匝地装满了纸盒，但是里面的菊石都是只有三四厘米大小的样子，因此也可以看到衬在盒子底部的泛黄的卡片。有的是用蓝墨水手写的，也有的是打印出来的字体。在英文数字的样品编号下面，记录着字母和片假名标注的品种名称。在地名和看似地层信息的词语之后，最下面一排还写有人名和年月日。大概是采集化石的地点和采集者的姓名吧。

按照顺序看着，朋树注意到一件事。这个抽屉中的菊石全都是同一个种类，好像是叫作"德斯莫塞拉斯（Desmoceras）"——的菊石。但是，每个标本的采集地和采集者都不一样。也就是说，这里收藏的是几十年来由不同的人从不同的地点采集而得的同样种类的菊石。

"一九四九年……"朋树念出了声。已经泛黄的卡片上记录着采集年份。"就是昭和二十四年哦。"吉江的声音从身后传来，然后她又笑了，"这么说更不明白了吧？刚好在我出生的十年前。啊呀，暴露年龄了！"

朋树关上了抽屉，在岛台之间穿行，一直走到了房间的最里面。高高的柜子整齐地排列着，一眼望不到头，朋树被包围在一片深海般的静谧当中。

无论打开哪只抽屉，出现的都是螺旋状的化石。"户川康彦"，他还发现了一个记录着老馆长名字的标本。经过了几个岛台之后，柜子的构造发生了变化。纸盒不是放在抽屉里，而是摆在搁架上。盒子里放着菊石。每一个都足有三四十厘米大。

究竟有多少个呢？朋树默默地惊叹。一千两千是绝对不止的。有没有一万个？或者更多……

朋树走回到门口，吉江双臂交抱在胸前，对他说道："收集这么多化石，可不是一般的工夫哦！"

朋树点点头。吉江的语气中似乎带着些寂寥："这些像蜗牛怪物一样的东西究竟有什么趣味，我不懂。但我知道，有很多学者为它们倾尽了毕生的精力。"

*

时间还没到中午，气温却在逐级攀升。早间的资讯节目中也提到，今天是今年夏季最热的一天。

朋树赶过来的时候热出一身大汗，蹚过凉沁沁的河水，感到格外舒服。河对岸的户川正在从背囊里取出工具。看来他也是刚刚到达。

"今天挺早的啊。"户川瞥了朋树一眼说道。

"是很早。"朋树在他旁边卸下双肩包。

"我得确认一下，你到这里来，跟家人交代清楚了吧？"

"啊，昨天和今天都没说。"

"为什么不说呢？家里人不担心吗？"

"所以，如果能找到一块化石，我就再也不来了。我回东京了。"

户川停止了手上的动作，看着朋树，似乎有什么话要说。

"我还在便利店买好了便当，希望今天能有个好结果。那种能轻易……"朋树意识到自己说走了嘴，立刻改口道，"能够找到好化石的地点既然已经被淹没在水库里了，那就只有在这里找了。"

"看过解说牌了？"

"吉江阿姨带我看了。"朋树略微迟疑了一下，接着说道，"在博物馆背面的房子里。"

"背面的房子？"户川的白眉毛挑了起来。

"町长……命令从展厅撤下去。"

虽然有些胆怯，但是关于这件事，朋树也想从户川本人的口中听到些什么。

"简直就是……"这意外的消息使户川的表情变得十分惊讶，"倒很像是那个没度量的家伙说出来的话。那种东西，大大方方地摆在那里，又有什么妨碍。"

"您不生气吗？"

"对谁生气？町长？"

"不是吗？就是因为町长，您才辞去了馆长的工作吧？是吉江阿姨告诉我的。一般来说，很难原谅这种事。不管是对町长……还是对我外公。"

"没什么原不原谅的。"户川的声音非常平静，他就地坐下，盘起腿来，"提出要守护化石产地的，只有像我这样的极少数的群体。跟富美别的存续、民众的生活比起来，完全无法相提并论。"

"那又为什么……"要反对建造水库呢……

"你知道环境影响评估吗？"

朋树点了点头："大意好像知道。"

"那时，我还没有最后决定自己该怎样做。环境影响评估报告传到了我的手里。那里面有一个'地质'项目，是这样写的：'菊石化石的产地会部分消失，但是水淹区域以外也有广泛分布，可能会造成有限的影响。'……"

说到这里，户川叹了一口气，眉间的皱纹更深了一些。

"读到这儿的时候，我终于忍不住了，手都开始发抖。这个，不是用'部分消失'这种说法就可以一带而过的事情。因为其中，连白垩纪后期土仑期的岩床露头，都会被水淹没。将经历了四百万年的一个地质时代整个抹去，怎么可能是'有限的影响'？面对这种措辞，我如果还继续保持沉默，能对得起他们吗？"

"他们是……"昨日的情景又浮现在眼前，"是指过去的那些研究者吗？"

户川摇了摇头，"当然是指那个时期的菊石们啊！"

"啊……"朋树的口中发出轻呼，随即坦白道，"昨天，我还看到了仓库里面有很多化石。怎么说呢……那里，简直了……"

朋树想描述一下自己颇为震撼的心情，但又有些拘谨，没能将当时的感受准确地表达出来。

"因为，无论拉开哪一个抽屉，里面装的都是菊石。我原来以为只是把所有种类的代表集合在一起，可是仔细一看，同样种类的就有好多。"

朋树尽量想让语尾显得更轻描淡写一些，户川默默地盯着他。

"那个就是所谓的'研究'吗？还是说，要将埋藏着的化石全部挖掘出来？为什么，大家那么拼命地为了菊石……"除了疑问的形式，他似乎找不出别的方法来表达自己的想法："是因为，那是工作吗？可是户川爷爷已经辞掉了博物馆的工作，不是吗？"

沉默了几秒钟之后，户川从鼻子里哼出了一声。他缓缓地站起身来说道："只是，像是中了毒的那种感觉吧。"

"中毒？"

"摸着土壤，查询地层，挥舞锤子，采集化石，做记录，再思索。每天都持续做这样的事情，是会上瘾的啊！既非单纯的体力劳动，又跟坐在书桌前照本宣科地念念叨叨不一样。不是纸上谈兵，而是将头脑和身体同时调动起来，也许非常符合人类这种动物的天性吧。"

"很快乐吗？"

"如果亲自体验过就会知道。那是一种会让人感到舒适的疲劳，非常不可思议。只要体验过一次那种滋味，就算是上了年纪，在家里也会待不住的。幸好……"

户川转过身去，望向山崖那边："还有很多事情可以做。"

"还有很多……"朋树也跟着他望向同一个方向，"好的地点不是已经被水淹没了吗？还是说，这里比较有潜力？会有什么了不起的发现吗？"

"这种事情谁都不可能知道。就是因为不知道，所以才要做啊！"户川神情严肃地说道，"谁做都可以，花上几年、几十年的时间不断地去做，去实践，如果那时还不行，就清楚地表明这片区域确实希望渺茫。然后，再移向下一个地点。不是去找已知的东西，而是去发现未知的事物，就是这种作业的不断重复和积累。"

户川捡起地上的两把锤子，将一把递给了朋树。

"不只是科学，世事皆如此。什么都能选得很准，选择的都是可以顺利进行的工作——哪会有那么单纯的事情。首先要亲自动手。"

匆匆吃完便利店的便当，朋树用眼角的余光瞥到户川正枕着石头躺在一边，便返回到山崖那里。

与一无所获的上午截然不同，刚挖了还不到五分钟，锤子就遇到了自己一直想找的东西。是迄今为止发现的最大的家伙。一个像躲避球一样的团块。

朋树用双手抱住它，放到一块小岩石上，拂去表面的泥土。从它的大小和形状来看，似乎相当坚硬。

朋树戴上护目镜，握紧了锤子。

钦钦钦！钦钦钦！

锤子有力地弹了回来。团块却毫发无损。朋树感到手上伤口的疼痛，却更用力地凿了起来。

钦钦钦！流到下颚的汗水滴到了团块上。朋树暂时停下来，用 T 恤衫的袖子擦了把脸。

锤子声停下来的瞬间，只听得山谷间回响起喧嚣的蝉鸣。昨天他用手机查过，好像叫作虾夷蝉。

他望向北方的天空，看得见积雨云，宛如画在画布上一般，也许今天还会有对流雨。必须抓紧时间了……

钦钦钦！钦钦钦！

朋树盯牢团块，在默不作声的语言的伴随下，用尽全力敲击着。

不知道啊！什么都不知道。

不知道能不能上梦校，不知道能不能去补习班补习，甚至不知道自己的真实想法。

来到这里，唯一知道的事情只有一件：就这样变成化石，自己能否甘心……

时而浮现出来的想法也立刻在锤子的持续敲击中消失而去。与之相比，满脑子装的是，一定会呈现在眼前的，完美的菊石的模样……

钦钦钦！钦钦钦！

好热——朋树从头上摘下帽子，随意地丢了出去。

钦钦钦！手臂有些发酸，但是敲击的节奏丝毫没有放缓。

在他视域的角落里，只见户川正在向这边走近，但是朋树并没有去捡地上的帽子。

"已经敲得很得法了呢！"

户川在旁边说道，朋树并没有抬头。

钦钦钦！

"太投入了。"户川笑起来。

钦钦钦！

"怎么说呢，我只是……"

朋树一边对着团块用力挥下锤子，一边说道："想用自己的眼睛亲自验证一下，菊石究竟是不是乌贼或章鱼的同类。"

接下来的瞬间，随着锤子突然传到手上的塌陷感，响起一个沉钝的声响。

天王寺沉积间断

这件事，无法让人听之任之。

"令兄回来了？"

在松虫商店街的咖啡馆"莉莉安"里，学长问我。

"回来了啊。昨天。"我戳着雪顶可乐里的冰块答道，"说是高中时代的哥们今天办婚礼。"

积郁难晴的梅雨天中，老哥一早就西装领带地出了门。七夕节婚礼，看似浪漫，但对出席者来说，除了闷热之外还能有什么呢。

"为什么突然问这事？"

"因为，昨天晚上，我在这家店里看到他了啊。"学长将插在混合果汁中的吸管抽出来，指着门口方向说道："我打完工回家，顺便到这里喝杯茶，碰巧就看到他进来了。"

"居然还能认出来是我老哥？只在我家店里见过一次吧？还是很久以前。"

"你们哥俩啊，长得很像，你自己感觉不到罢了。把你的脸用冰水镇上三十分钟，大概就是令兄的脸。"

"冰水镇三十分钟？又不是西瓜！"

"你这家伙的脑袋不就像个西瓜嘛！不过，再怎么冰镇，也改不了脑回路，没法像你哥啊。"

"那是当然了。人家可是京都大学毕业的学者哟。"

比我大六岁的兄长如今在筑波一所名叫国立环境研究所的机构工作，好像隶属于研究全球变暖的部门，但具体工作内容是什么，无论听多少遍都装不进我的脑子里。

"不过，老哥来这里倒是稀罕。他跟别人一起吗？"

"关键问题就在这儿。"学长探出身体，"你对令兄的社交圈到底了解到什么程度？"

"完全不了解。咦？难道是……"我也凑了过去，"在这家店跟哪个姑娘约会？"

老哥今年三十五岁，单身。迄今为止，从没听说过他有女朋友。

"没那么香艳。"学长摇了摇头，指着店内角落里的一张桌子道："令兄一个人坐在那里面的位子。大约十分钟后，来了个大叔，在他对面坐下了。"

"大叔？什么样的大叔？"

"六十岁左右的一个怪大叔。虽然我听不到他们两个在说什么，但是看他们的表情很严肃。"学长突然放低了声音："然后呢，令兄从背包里拿出一个黄信封，交给了那个大叔。大叔从信封里抽出一叠东西确认了一下，是现金哦。"

"大概多少钱？"

"我想，大概有二三十万吧。"

难道会是……我急忙追问：

"那个大叔是什么样的打扮？"

"花花绿绿的夏威夷衬衫，白色鸭舌帽，戴了一副浅色的太阳镜。你想想看，是不是很怪？"

"哦……"果然——

"那绝对不是一般的情况。要不就是被勒索，或者被强行集资什么的……"

"不是啦！"我想挤出一点笑容，脸颊却像是痉挛了，"那人是我伯父。"

"伯父？就是那个伯父？以前玩乐队的那个？"

"没错。前吉他手，哲伯。"

"笹野家的长子，全都是基因突变的品种。"

最近这十年，每逢家人齐聚，老爹都会这么说。只知道鱼糕和阪神老虎队的老爹嘴里居然会冒出"基因突变"这个词。第一次听到的时候，我忍不住调侃：

"这词儿，究竟是从哪儿采购来的啊？"老爹反应很快："今儿一早，从本场进货！"这一逗一捧虽然配合默契，但我猜得到，此类词语很有可能来自老哥。而所谓本场，是指大阪市中央批发市场的本场。

我明白老爹这番话背后的意思。创办"笹野鱼糕店"的祖父在兄弟中排行第二。祖父过世之后，继承店铺继续经营的老爹也是家里的老二。如果我再继承下来，就是三代传承的次子店主了。

"笹野鱼糕店"在阿倍野的松虫商店街拥有一间小小的店面。这种售卖自制的鱼糕和天妇罗——指萨摩炸鱼饼[①]——的个体商店，如今在大阪已经很少见到了。笹野鱼糕店一直坚持手工制作，仰赖当地老顾客的捧场，勤勤恳恳、专心致志地坚持经营了五十五年。虽然经历过数次经营危机，但是祖父和老爹全都凭借自己唯一的长处——顽强的忍耐力，让店铺存活了下来。从某种意义上来说，正因为他们都是普通人，所以才能够做到吧。

而另一方面，家族中的长子，个个都不普通。祖父的兄长自幼喜爱绘画，十五岁那年突然宣布要"做

---

① 萨摩炸鱼饼是用鲜鱼肉炸制的一种肉饼，为鹿儿岛地区乡土特产。萨摩国是日本古代的令制国之一，领域基本等于今鹿儿岛县西部。

一名纸戏剧①作家"，离家学艺，拜在一位很有名的老师门下做弟子。虽然其行动力值得钦佩，但无疑是属于怪人一类的。不幸的是，就在他即将出师独立之际，却被一纸征兵令送往前线，最后战死在菲律宾的战场上。

老爹的兄长名叫哲治。我们从小就叫他"哲伯"。他好像比老爹大三岁的样子，所以今年应该已经六十有三。如今，他在商店街附近租了个房子，住在一间业已倒闭的小酒吧的二楼，独自生活。

哲伯的职业生涯中充斥着诸多的"前"字：前蓝调吉他手，前 live house 的店长，前调酒师，前陪酒业揽客者等，诸如此类。经历了一连串的"前××"之后，如今他是一名现役的无业游民。只是他本人并不承认这个头衔。在新世界附近的立饮酒馆里，如果被身边的顾客问及"何处高就？"他定会嬉皮笑脸地答称"蓝调"。那意思似乎不是说自己在做音乐，而只是想表明自己的生存方式本身就是一种蓝调。

在"莉莉安"咖啡馆与学长分别之后，我沿着商店街朝自家那座店铺兼自住的房子走去，不想迎面正遇到当事人本人。只见他双腿跨在一辆破破烂烂的老式自行车上，一路曲里拐弯，朝这边慢悠悠地骑过来。

---

① 纸戏剧是一种通过图画展示和表演的讲故事形式，起源于日本昭和时代的街头表演艺术。

正在往购物车中码放促销商品的"田中精品"的老板娘看到了他的样子，脸上毫不掩饰地露出嫌弃的神色。

哲伯越来越近，自行车发出刺耳的刹车声停在了我的眼前。

"阿健哪！"哲伯将太阳镜向下拉到了鼻头上，"还是学徒的身份，就开始摸鱼混日子啦？赶紧回去干活！"

"什么嘛！还教训起别人来了！"我不服气地回敬他，"哲伯自己呢，既然经常到店里露面，偶尔帮忙干干活不好吗？反正也没事做。"

"臭小子！我可是忙得不得了呢！"

"忙着从天还没黑就开始喝酒吗？"

我指着那个锈迹斑斑的自行车筐说道。筐里放着一瓶廉价烧酒，还有一盒自家小店做的"生姜莲藕天妇罗"——老爹创制的一款大受欢迎的天妇罗。肯定是从店内的冷藏箱里顺手拿的，而且，他刚从老爹那儿顺走的应该不止这些。

但我顾不上旁的，因为还有更重要的问题想问。

"我说，哲伯，"我换了副正经面孔，"老哥他……"

"阿优他怎么了？"

我在那儿打住了，总感觉应该先和老哥确认一下才好。

"不是……"我斟酌着词句，"老哥，他回来了吗？"

"好像还没有啊。"

"是嘛！又去喝第二轮了吧。"

哲伯摘下白色鸭舌帽，将满头银发向后捋顺，"不过话说回来，阿优居然还有心思参加别人的婚礼，跟个没事人似的。怎么也不交个女朋友啊！"

"这话，哲伯也没资格说老哥吧！"

哲伯嘿嘿嘿地笑了起来，露出一口烟熏的黄牙。他重新戴好鸭舌帽，蹬起车子离开了。

"你到底在想什么！"

刚走到小店门前，就听到老妈的怒吼声。

"已经是这个月第四次了！"声音是从里面的厨房传出来的。汹汹气势之下，拥有五十五年历史的老房子也在微微震颤。

"咱们家是大富豪？红十字会？救世军？哪有闲钱给一个年过六十的老混混！"

"别这么说嘛……"老爹用蚊子叫似的声音搬出他常用的借口，"没法子嘛！他要是去哪儿再吃个霸王餐，那可怎么办嘛！"

果然，又给哲伯塞钱了。我发出一息短叹，探头到厨房。见到我，老爹像是松了口气，眉脚耷拉了下来。

"从外面听得一清二楚哦！"我对二老说道，"把客人都吓跑了。"

"你小子，跑哪儿去了？"老妈的粗脖子扭向这边，矛头突然对准了我，"就去那边的银行换个钱，为什么花了一个小时？"

"没法子嘛……"跟老爹一样的台词无意识地从我口中溜了出来，突然觉得好烦，"半路被学长抓住了嘛。我去换上衣服马上干活。"

在厨房旁边的土间脱下运动鞋，我一溜烟儿地逃上了二楼。

从大约三年前开始，哲伯开始伸手向老爹借钱。去年彻底成为无业游民之后，借钱的次数增加了。一个月来店里晃好几次，要个一万两万的。据老妈说，他还曾经试图偷偷地将手伸向收银机，虽然最后以未遂告终。不消说，当然一分钱都没还回来过。

这还不算完。有时他还会在酒馆里跟别的客人起争执，有时喝醉了就倒在路边大睡，为此，几乎每个月都会光临警察局。每当这时，去保他出来的都是老爹。老爹一直对哲伯强硬不起来。他从小就一直是哲伯手下小弟的待遇，这种关系一直延续到现在。因此，老妈对哲伯视如蛇蝎，十分厌恶。

而哲伯曾经是一名专业吉他手，这倒是千真万确。他二十几岁的时候曾经组过乐队，似乎在关西地区的蓝调界颇受瞩目。前后一共出过三张专辑。

自从乐队解散之后，凭借才能和经验，他为其他艺术家做过幕后，也作为音乐工作室的临时乐师活跃了一段时间。他本人对这种工作大概很难满意吧。重登舞台，由知名唱片公司推出新专辑的想法或许更强烈一些。

但是，不等这个梦想变为现实，哲伯就已经四十岁了。四十岁的哲伯在鳗谷的一间酒吧里认识了一位名叫美智子的女人，进入了他的第三段婚姻。顺便插播一下，他的第一次婚姻是在二十二岁，第二次是在二十九岁。似乎都维持了不到一年的时间——因为哲伯喜好在外面拈花惹草的本性。

我只见过一次美智子。当时我只有七八岁，已经不记得她的长相了。留在记忆中的只有老妈的一句客套话："到底是东京人，聪明有本事。"后来听说，美智子是一位注册会计师，当时在堂岛一家大型会计师事务所工作。也许因为一直生活在一个比较刻板的世界当中，所以哲伯这样的男人在她的眼里反而显得新鲜动人。

哲伯和美智子生下了他们的第一个孩子，是个女孩儿，名字叫美嘉。至于这位堂妹，我和老哥都没见过。因为美智子回了东京的娘家待产，之后就再也没有回大阪来。后来才知道，原因依然是哲伯纠缠不清的女人问题。他在美智子怀孕期间就三番五次地出轨，丝毫不值得同情。

就是在这个时期，哲伯第一次开始试图改变自己的生存方式。他放弃所有那些收入微薄的音乐活动，受雇当上了一名室内小剧场的店长。他不止一次跑到东京去找美智子，几次三番地恳求对方再给自己一次机会，保证今后会为了家人而活。大概，他太渴望跟自己的女儿生活在一起了。

但是美智子心意已决，二人最终还是离了婚。最后，哲伯甚至被警告说"不要再出现在我们面前"。似乎自那以后，哲伯一次也没去过东京。

总之，种种经历表明，哲伯是笹野家唯一的麻烦制造器，说得再难听一点，就是个累赘。从小，他就是除了父母之外跟我们关系最近的大人，但在我的记忆里，他从来没有陪我玩过，也从来没有给过我一分钱压岁钱。

不过，迄今为止，我们兄弟二人还没有受到过来自他的直接损害。所以，哲伯开始伸手向老哥要钱——如果是真的话——实在让我很受打击。

*

车子在红灯前停下，驾驶席上的老哥打了个哈欠：

"啊——啊——"

我转头看看他。似乎很困的样子，但是并没有喝醉。据说只在开席的时候喝了一点香槟。老哥和我都是无法适应酒精的体质，说是完全不能喝也不为过。我觉得，我们两兄弟也只有在这一点上比较相像。

"抱歉，害你这么累还出来。"

"你要真这么想，干吗还叫我啊！"老哥诧然失笑。

老哥是晚上不到九点回来的。据说还参加了没有新郎新娘的第三场酒局。因为明天早上就要坐新干线回筑波，所以关于那件事，要问就只有今晚了。因为不想在三个房间都是纸拉门隔开的家里谈，于是就喊他一起去南港夜钓。

幸好傍晚雨停了。我将钓具装进了店里拉货用的轻卡，见老哥刚刚洗完澡出来，就半强迫式地将他拖上车，带出了家门。从阿倍野路沿着住之江街向西行驶，大约需要二十分钟车程。

"说起钓鱼，大概有十年，不对，大概有十五年没钓过了。"老哥看着前挡风玻璃说道，"你还常去吗？"

"我也很长时间没去了，但是从半年前开始，时不时地去玩一下。"

那是因为不玩乐队了，时间充裕了很多。老哥似乎看穿了个中缘由，装作若无其事的样子问道："听说你最近跟着老爸认认真真地在做事。音乐已经完全放弃了？"

"……嗯。贝斯上都蒙了一层灰。话说啊，三十岁以前必须得放下才行，怎么也得干点正事啊。我跟哲伯可不一样。"

故意说得随意一些，但是我很明白，拿自己跟哲伯比是极其可笑的。人家真正做过音乐，是如假包换的业内人士，我玩的只是业余摇滚乐队，自费出过一张专辑，只在室内小剧场自己摆摊卖过而已。

五名乐队成员里，只有担当作曲的队长毫无根据地抱有一种自信，认为我们能正式出道。其他成员只是配合着他的热情应应景罢了。而稀里糊涂地跟着他们混了五年的自己，更是无可无不可。去年年底，鼓手最先提出要离开，就此点燃了导火索，各种抱怨和不满一下子都摊到了明面上。乐队终于解散了。

所以，放弃梦想这种说法并不准确。因为我从来都没有梦想过要在音乐方面取得什么成就，也没有为此付出过任何相应的努力。但是，在老哥面前，如果不做出某种姿态，表明自己也曾很认真地以成为专业音乐人为目标，总是会觉得比较尴尬。

过了南港口，道路两旁全都是巨型仓库。只有稀稀拉拉的橘黄色街灯亮着，四下微暗。路上车辆很少，拖车和重型卡车贴着路肩首尾相接停成一串。看向窗外的老哥又打了一个哈欠。

老哥的基因突变与哲伯正好相反。从上小学开始，爹妈就不止一次面面相觑地发出疑问："这真是咱家的娃？"他每天放学，一回到家就马上完成作业，考试总是拿满分。过生日的时候想要的礼物是少儿版的科学书籍。他最喜欢的《宇宙和地球的奥秘》系列全五卷，如今依然摆在他曾经用过的书架上。

也许是年龄相差较大，记忆中几乎没有过兄弟间的争吵。学习上也经常会得到他的指点。即使我摔掉铅笔大呼"搞不懂"，老哥也依然不厌其烦地教我，"不是搞不懂，只是你没思考"。考入高中，能够逃过下游学校，完全就是老哥的功劳。

老哥从学区的公立中学升入府立天王寺高中，很顺利地考入了京都大学，走上了这一带普通家庭子弟能够争取到的最高等级的精英之路。后来他又考入大学院，取得了博士学位赴美留学。被筑波国立环境研究所录用之后，于四年前回到了日本。

老爹老妈都是高中毕业，哲伯甚至中途辍学，连高中都没读完。亲戚当中大学毕业的凤毛麟角。对于这样的笹野家来说，老哥称不上是什么希望之星。莫不如说，异类的感觉更强一些。京大、博士、全球变暖。这些词语排列在一起，就像是人站在地面仰头看向摩天大楼一样，只会感到头晕目眩。老哥每次回家，老爹都会在聊天的话题上费尽心思，老妈也莫名其妙地变得客客气气。

不知不觉间，已经快到海鸥大桥了。目的地的堤岸，就在过了桥之后填海地带的前方。

老哥一边将两个小折叠凳摆在堤岸边，一边说："这种地方你是怎么找到的啊？"

"这地儿好吧？秘密基地。什么时候来都是包场。"

填海地的边缘有一块小小的绿地，里面有一排分隔绿植的矮栅栏，越过栅栏，就是这条五十米左右的防波堤，一直伸向大海。今晚也一样，没有其他垂钓者。

四周虽然昏暗，但也不是全然漆黑。绿地上的长明灯光微微地探到堤岸的一半。或许是没风的缘故，潮重的空气丝毫没有流动，重油混合着潮水的味道比以往要显得浓厚。

在自带的一盏提灯下，我在组装钓具，连老哥的那份也带上。

"路亚①？没怎么试过呢。"老哥说道。

---

① 路亚，源于英文"Lure"，即"引诱、诱惑"。所谓路亚钓，即仿生饵钓法，也叫拟饵钓，旨在模仿弱小鱼类、昆虫等的外观、动作、振动、声音等引发大鱼攻击或咬食。

"最近比较流行用仿生蚯蚓钓竹荚鱼。拟饵串钩没多大意思，用真鱼饵的话又麻烦。"

最早教我钓鱼的其实就是老哥。上小学的时候，老哥经常带我到南港的海钓公园去钓鱼。

时隔十几年之后，兄弟二人又一次并肩甩出鱼线。昏暗之中看不清楚路亚飞落在何处，却听到了两声水音——噗！噗！我一边教老哥鱼竿的操作方法，一边慢慢地转动着滑轮。

大阪湾这一片巨大的水域看上去总是暗黑浑浊，像是有什么东西沉积在水里。难以想象，这里居然与湛蓝的外海连接在一起。即便在看不清海面的夜晚，也能够感觉到黏稠的海水的不透明感。

遥远的前方可以望见神户的夜景。右边成片的灯光，是南港港区。或许是潮气的关系，街市上的灯光整个看上去氤氲一片。

两根钓竿都没有反应。反正精神也无法集中在垂钓上，不如干脆就直奔主题好了，我正要张嘴，老哥却先开了口："你是不是有什么话要说啊？"

"哈……被你看出来了。"不愧是老哥。

"你有心事都会挂在脸上啊！说吧，什么事儿？是店里有什么情况吗？"

"不是……是关于哲伯。"

"他又干了什么吗？"

我停下摆弄鱼竿的动作，整个身体都转向了老哥：
"哥，昨天你是不是在莉莉安跟哲伯见过面？我有个朋友
说看到你们了。还说你给了哲伯钱，真的吗？"

老哥默默地转动着滑轮，提起路亚，然后坐在小
折叠椅上，望着海面："上个月，我见到了美嘉。"

"美嘉……就是那个美嘉？"我吃了一惊。那是哲
伯的女儿。

"她突然到筑波的研究所来找我。非常意外。我从
来都没见过她。好像是美智子从老妈那里知道了我的
工作单位。"

美智子就是美嘉的母亲。哲伯的最后一位前妻。

"为什么突然去找你？"我急忙放下钓竿，把折叠
椅拉近了一些。

"美嘉在东京读音乐大学。现在是声乐系的四年级
学生。她说，毕业以后要去意大利继续学声乐。"

"真厉害。是不是继承了哲伯的基因啊。"

"美嘉从记事起就没见到过父亲。但是，她知道父
亲曾经是小有名气的吉他手。二十岁的时候，她母亲
将离婚时的前后经过告诉了她。美嘉认为，父亲是因
为她才放弃了音乐。"

"哦，我觉得，事情没那么简单。但那确实也是一

个原因吧。"

"嗯。"老哥也表示同意，"作为同样热爱音乐的人，大概很理解那种痛苦吧。美嘉说，她还没有勇气见父亲，就找到了我。她想知道，她父亲已经不打算再弹吉他了吗？对女儿他是怎么想的？还有，父亲有没有因此感到后悔？她想在出国之前，知道这些问题的答案。"

"你怎么回答的？"

"'我说'我不清楚。等我去问问我弟弟'。"

"喂！别瞎说嘛！"

见我有点儿生气，老哥哈哈哈地笑了起来。

"说真的，阿健怎么想？"他又马上收起笑容，认真地问道，"你觉得哲伯已经不会再弹吉他了吗？"

"我呢，问过他本人。"

"真的？"

"嗯，我退出乐队的时候。哲伯笑嘻嘻地问我：'阿健不再玩摇滚了？'我就有点气恼，反问他：'你自己呢？蓝调蓝调的光是嘴上说说。不再弹吉他了吗？'然后，他回答：'就算想弹也弹不了了呀。嘿嘿嘿。'"

"那是什么意思呢？已经手生了的意思？"

"也有这方面的原因，而且，吉他也没了吧？他现在，连把吉他都没有。"

"好像是。我也听老爹说过。"

"别说是吉他，哲伯家里已经什么都没有了。那么多的唱片、CD、乐谱、音乐杂志，全都没了。"

"咱们小的时候，他的屋子里铺天盖地全是这些东西。难道，全都扔掉了？"

"……好像吧。"

我含糊其辞。因为，面对在有环境字样的研究所工作的老哥，有些事很难启齿。不过，这件事虽然只有哲伯和我知道，但哲伯也没要求过我保密。我决定索性借这个机会和盘托出。

"哲伯的那些与音乐有关的东西……"我指着眼前那片刚才还垂着钓鱼线的海面，"全部，沉在这下面。"

"啊？"老哥的眉头拧在了一起，"你是说海底？"

"嗯。其实，这处防波堤是哲伯告诉我的。那些东西正好就是从我们现在这个位置丢到海里去的。最近十年左右，我每年都会帮他做这件事。"

"每年？究竟是怎么回事？"

看着老哥一脸难以置信的表情，我先确认道："哥，你最后一次去哲伯的房间，是什么时候？"

"唔……至少，上了中学之后就一次都没去过。"

"难怪。我去过很多次。给老爹当跑腿的，经常会送些天妇罗过去。总是在门口交给他，也没看到房间里的情形。所以，我第一次感觉到不对劲，大概是上初一还是初二的时候。难得进了一回房间，一瞧，原来那些海量的吉他啊功放啊什么的，明显少了很多。书架上也空空荡荡。我问哲伯怎么回事，他就笑嘻嘻地告诉我说'沉到大阪湾里了'……"

那时，哲伯是这样对我说的。最开始是在美嘉出生后的第二年，所以应该是二十一年前。已经不再碰音乐的哲伯做出了一个决定。他打算将与音乐有关的东西每年一点一点地扔掉。都是在十二月三十号的夜里，运到南港来，扔进海里。

第一年扔掉的是以前乐队的三张专辑和登载了相关报道的音乐杂志，捆成捆丢下去的。第二年开始，丢掉了其他的杂志、乐谱、功放和效果器等周边设备，最后，开始丢吉他。

但那只是哲伯的说辞。就算那些东西都扔掉了，我也一直认为，丢进大阪湾只是他在开玩笑。直到高二那年，我才知道他说的是真的。那年，他计划要丢掉大量的唱片，腰痛却突然严重起来，不能搬重物，所以那年年末，我第一次被他带到了这座防波堤。

自那以后，每年我都默默地帮他做这件事。我心里明白，这样的行为是不道德的。但是从另一个角度来看，我似乎也能理解他的心情——不想拿到废品收购站，一文半文地卖掉。幸好我们在做这件事的时候，从来没有被人看到过。

"……最后那次，是前年年末。他说能扔的东西终于都扔掉了。从开始丢弃开始，正好用了二十年，他还有点沾沾自喜的感觉呢。"

一直默默地听我讲述的老哥叹了口气。目光落在了海面上，轻声地嘟囔着："……是在沉积吗？在这里。二十年间的东西。"

"沉积，是老哥的世界里使用的语言吗？"

他抬起头来，没有直接回答，反而问我道："哎，阿健……"

"你知道我在做什么方面的研究吗？"

"研究全球变暖。海底淤泥。我脑子里大概只记得这么多。"像是要为自己开脱，我又接着说道："不是，关于污染了海水这件事，我知道做得不对。但是……"

"不是这个意思。"老哥露出微笑，摇了摇头，"我做的是古代气候研究。海底以及湖底的沉积物，就像是记录了过去的环境状况的磁带一样。我们会从船体或船橹挖掘，采集圆柱状的长条形核心样本，拿到实验室中去进行分析，研究调查古代的气候状况。我现在虽然隶属于研究全球变暖问题的部门，但是我的具体工作不是预测未来。而是恰恰相反。将过去几千年、数万年的气候变迁予以还原，用来探讨如今发生的全球变暖问题究竟有多少属于异常。"

"沉积物是指淤泥啦土壤啦那种东西吧？从那玩意能看出来以前的气候状况？"

"比如，从湖泊的沉积物中会发现漂亮而细致的条纹图案。因为那是每个季节一点一点形成的颜色不同的泥层。"

"就像是树木的年轮？"

"没错。在沉积物的概念中，它叫'纹泥层'。如果认真去数条纹的数目，就能够得知这些淤泥是多少年前堆积而成的。类似于年代的刻度吧。如果没有那些条纹，运用放射性碳定年法或者氧同位素比……"

注意到我面露难色，老哥苦笑着中断了解说。

"总之，决定沉积物的年代有好几种方法。然后，就要开始研究那些纹理中蕴含有什么样的物质。这其中也有很多种情况，最容易看出来的是花粉。从淤泥中查到花粉，就可以划分出植物的所属种类。了解到在那个时代，什么样的植物生长得比较繁茂，从而探知当时的气候状况——气温以及降水量。"

"原来是这样啊。我好像终于听明白了一点儿。"

"明白是明白了，但是你的表情在说，那玩意有什么意思？"

"确实。"

老哥轻声笑了出来，视线又转向了海面。

"福井县的若狭湾旁有一座名叫水月湖的湖泊。那里的沉积物因为几乎完整地保存有过去七万年以来的纹泥层，所以世界闻名。还是在学生时代，我曾经为那里的核心样本分析做过助手。一边学习纹理的解读方式，一边数纹泥层，结果突然在某一天，我感觉自己能够看见纹理以外的东西了。"

"用眼过度，看到妖精了？"

"不是，"老哥又笑了起来，"是人啊！"

"哈？什么意思？"

"我当时被分配的是三万年前的样本。从旧石器时代晚期开始，日本列岛就有人类居住了。从三万年前到现在，差不多有上千代了吧？出生，生育，死亡。并不只是这样单调的重复。有的年份要忍受酷暑，有的年份又要面临苦寒。还会遇到洪水，干旱。就像我们会经历各种各样的遭遇一样，他们的一生中也会发生很多事情。纹泥层将每一年都切切实实地记录了下来。"

"你刚才不是说，那只是一种刻度吗？"

"当时的人们是从什么样的时代生存下来的，这种事情变得可以想象之后，核心样本的纹理看上去就完全像是日记一样的东西。你会爱上它。感觉像是别人把他们非常珍贵的东西拿给自己看。也正因如此，我开始沉迷于古代气候研究。"

"倒是很有老哥的风格哦。"

听我这么一说，老哥有些难为情，他皱起鼻子，出神地盯着漆黑的海面："沉到这下面的哲伯的沉积物，如果分析一下，也许能明白一些什么呢。"

"什么，是指？"

"哲伯脑子里的想法啊。如果换作是你，你会按照什么顺序舍弃？"

"嗯……有纪念意义的，或者比较值钱的东西会放到后面吧。"

"哲伯最先扔掉的，是他们的专辑和登载了相关报道的杂志对不对？我觉得那是有纪念意义的东西，难道是说，哲伯对自己过去的荣光毫不在意？"

"会不会是，他觉得必须先从那里切断才行？"

"有道理。"老哥神态认真地抱臂沉思，"如果说比较值钱的，那就是吉他了。吉他也是在很早以前就扔掉的东西吧。吉他这种东西，也许并不是再买就可以的吧。"

"怎么说呢。其中还有一把让哲伯非常自傲的名琴，好像也在乐器类的最后被他扔掉了。"

"名琴，是什么样的吉他？"

"吉普森的空心电吉他。我只知道这些。我开始帮忙是在高二那年的冬天。据说刚好在那之前的一年，他将最后一把吉他扔掉了。所以究竟是什么型号什么样子的，我也不知道。"

"唔……"老哥像是在思考着什么，眼睛望向远方。

"是不是觉得很可惜？我曾经跟老爹说过这件事。当然没说扔在哪里了。不过，用老爹的话来说，那把吉他应该是假的。"

"吉他还能有假的？"

"不是，这个假是指仿造名琴的造型制作出来的冒牌便宜货。老爹说'要是能卖出好价钱的东西，不可能轻易扔掉'。我也那么想，但是哲伯的事情嘛，也不好说。"

"唉……"老哥又叹了一口气。

"然后就是他收藏的那些唱片和 CD 光盘。其中有的是绝版，也许不想立刻扔掉吧。"

沉默了一会儿，老哥的目光融在黑暗中，喃喃道："沉积间断啊……"

"沉积间断？什么意思？"

"没什么。我自言自语。"老哥转身面向我，"然后呢，唱片之后是什么？"

"捆成捆的旧笔记本。那是最后一批。有几十本，我翻了翻，里面乱七八糟地写了些和弦变换和歌词之类的东西。大概是梦想着再出唱片，所以记录了一些原创乐曲吧。把那些东西放到最后扔掉，我倒是特别能理解。"

"那是前年？"

"是……哦不对，不对不对。"我突然想起来，"那是三年前了。前年扔掉的都是些跟音乐无关的不可燃垃圾。"

"不可燃垃圾？"

"空瓶子。大概有十个。可能是因为房间空出来之后，一直丢在角落里的垃圾也无处藏身了吧？瓶子上没有标签，肯定是酒瓶子。"

"特意跑到这里来扔那种东西？"

"嗯。最后的那一批，真的只能算是违法丢弃了。"

结果，那天晚上什么都没钓到。等我钻进被子里才想起来，给哲伯钱的事情我还没有听到答案，但是第二天早上醒来时，老哥已经走了。

*

正如老话所说，出梅十日晴。这些天，连日都是阳光酷辣的炎暑天气。

商店街上的拱棚此时已经失去了遮阳的意义，反倒变成一个蒸汽浴缸的盖子，存住通道中的热气，在里面走上不超过一分钟，就会大汗淋漓。

自那天以后，我就没再见到过哲伯，也没有机会跟老哥联系，所以有关钱的问题和美嘉的事情，就一直悬在半空。

沉积间断。

那天晚上老哥嘴里嘀咕的这个词让我特别在意，于是就上网查了一下。根据免费电子词典的释义，沉积间断——Hiatus，是指"①中断、暂停；②全球变暖导致的气温上升出现短暂停滞的现象"。从老哥的专业来考虑的话，应该是②的意思吧？

尽管知道了释义，我也不懂老哥究竟在说什么。是不是说，曾处于上升期的哲伯，人生出现了暂时停滞？但是，那又与事实太不相符。按说，哲伯只在他二十几岁那段时期过得比较风光，后来的人生只能说是一路下滑。

一位推着手推车的老婆婆迎面走来，冲着我说："天可真热啊。"看着脸熟，也许是店里的顾客。这时我才注意到，自己系着店里的围裙就出来了。我慌忙解下围裙，同时，又为耻于系围裙出门的自己而感到羞愧。

自从半年前我开始站柜台招呼客人时起，商店街的街坊邻居和顾客就经常会问，"你的秀才哥哥近来可好？"虽然我已经习惯堆出一脸笑容，答道："很好。托您的福。"但是总有一种被放在一起比较的感觉，心里也不是不别扭。

如果说自己对老哥完全没有自卑心理，那是骗人的。但那种自卑也不是针对老哥的优秀而产生的劣等感。其证据就是，对哲伯，我也怀有同样的自卑情绪。期望自己能够不普通，却又只能做个普通人。是一个典型的笹野家次子。我正是为此而自卑。

开始玩贝斯是上高中的时候。在初中好友的鼓动下，我加入了学校的轻音乐部。当时哲伯已经完全放弃了音乐，所以并非受到他的影响。也没有特别地喜欢摇滚。想吸引女孩子的心理至少占了八成。当时，轻音乐部的副部长就是我那位学长。

结果并未因此特别获得异性的青睐，只在文化节活动时能登台亮相，就这样安安稳稳地度过了三年，出路未定就毕了业。一个以摇滚人自居的十八岁少年，不可能将做鱼糕当作自己毕生的事业。当时，同样是飞特族①的学长邀请我加入乐队，我便从善如流，决定

① 飞特族，Freeter 的音译，由英文"free"（自由）与德文"arbeiter"（劳工）组合而成。意指以固定性全职工作以外的身份来维持生计的人。一般是指完成义务教育之后，从事自由兼职、打工、年龄在15至34岁之间的年轻人。

继续玩音乐。

打工、练曲、在深夜的家庭餐馆里天南海北地胡吹神侃，偶尔参加现场演出。这种轻松悠闲的日子持续了四年左右，然后戛然而止。一天，学长丢下一句"吉他摇滚已经过时，今后将是混合摇滚的天下"，单方面解散了乐队。学长至今依然整天跟嘻哈音乐人混在一起，因为家住得近，所以我们还一直保持着来往。

后来加入的就是半年前解散的那支乐队。队长是在一个室内小剧场认识的。有一次，他们乐队的贝斯手突然退出，我被找去临时救场。我自问没有超凡的才华，对于音乐也没有独到的见解。而对于队长来说，也许这种成员才是最容易管理的吧。这么一来二去的，就变成了正式成员。

如今回想起来，也不无狼狈。没有一件事是自己决定去做的。如果有朋友撺掇我加入吉本①艺人培训班，搞不好，成为一名搞笑艺人也会是我的奋斗目标。尽管不具备坚强的意志，但是只要背上吉他出去，就自欺欺人地觉得自己不是一个普通的飞特族。仅此而已。

算了，不如干脆承认吧。我一边嫌弃着鱼糕店，一边又在潜意识里觉得：实在不行还有家业可以继承。

---

① 指日本的艺人经纪公司"吉本兴业株式会社"。吉本尤其以搞笑艺人的经营管理业务在日本为人所知。

虽然自知这种想法矛盾而又任性，却是心里话。正因如此，我才能够一直优哉游哉地玩乐队。说到底，那只是一种娱乐而已。

明年就三十了。我最终没能像老哥那样，找到自己的路坚定地走下去。也没有哲伯行走在边缘地带的勇气。就这样安于成为鱼糕店的第三代继承人，在心里，也对现状有一种尘埃落定的安全感。自己的这种平凡，有时会让我自己厌恶得无以复加。

迈上窄窄的台阶，推开莉莉安咖啡馆的玻璃门，身体立刻被卷裹在冷气当中。

学长坐在老位子上摆弄着手机。我到柜台跟脸熟的服务生点了综合三明治套餐之后，朝那张桌子走去。

"我可没有太多时间啊。"在学长的对面坐下之后，我立刻表示，"吃过东西不马上回去的话，又要挨老妈一顿臭骂。"

"什么嘛！午休连一个小时都没有？违法违法！有劳动基准法哦。"

以学长的立场，这话说出来也不无勉强。他长年在保洁公司打工，现在已经是一个小头头，应该也负责安排员工的轮休表吧。

"我那里是老妈独裁制国家，属于治外法权。"我不甘示弱，从自己贫乏的知识中搜刮出了几个词。

"确实，令堂大人看上去比劳动部的监察官员还要恐怖。"学长那杯混合果汁已经变淡，他出声地啜吸着杯底的剩余，"不过，你还有店铺可以继承。真让人羡慕啊。忙好啊，说明生意好嘛！"

"根本不是。"听到不了解内情的人这样讲，还是有些小不忿，"开始在自家店里干活才知道。我老爹还真是不容易，很辛苦啊。不是因为卖得好才忙，还得想办法维持经营，零七碎八的细节都要考虑到，所以才忙。"

"……哦，好吧。说得也是。"

学长神情尴尬地移开了目光，我看着他，突然意识到一件事。刚才他那番话，不太像是他这个一直心怀梦想的人说出来的。

"难道，学长在忙着找正式工作？"据我所知，他最近没有乐队活动。

"嗯。不过说实话，很难。早知道当初去念个大学就好了，哪怕是三流大学也成啊。"

"事到如今……"

实际上，刚上高三的时候，我也一度考虑过上大学。当然没有什么想学的东西。只是因为老哥说了句"到了大学再去发现自己喜欢的，也不错啊"，我才萌生了这种想法。当时我也跟学长说过。结果，学长嘲讽般地笑着说："大学那种地方，是什么才华都没有的人才会去的吧？"当时，我觉得他的话酷极了，但是后来才知道，他只是借用了忌野清志郎①的一句名言，稍做了一点改动罢了。

就是这样的学长，在十一年后的今天，突然流露悔意。看着他低头用吸管摆弄着杯子里的冰块，我感觉既可悲又可气。我跟学长不一样——我虽然想这么认为，却找不到任何可以这么认为的理由。

沉闷的气氛中，正好三明治送来了。我咬了一口鸡蛋三明治，换了一个话题："不是说有东西要给我看吗？啥东西？"

"哦哦，对了。"学长从背包里拿出了一张黑胶唱片，面带得意地笑着递给我，"怎么样？你见过吗？"

我接了过来，一看到唱片封套上的文字，立马就明白了。

"这个，是哲伯的——"

"The Maries 的第二张专辑。"

四位乐队成员随意摆出姿势。最左边的就是二十几岁的哲伯。他坐在功放箱上，跷着二郎腿，抱着吉

---

① 忌野清志郎（1951—2009），原名为栗原清志，日本著名的摇滚音乐人。

他。鸭舌帽配太阳镜的造型跟如今一模一样，不同的是一头垂肩的黑发。

"我知道他们乐队的名字，但还是第一次看到唱片。连他本人都没保留下来，这张是怎么来的？"

"最近我常去一个灵魂乐酒吧，在南堀江。这张唱片就是从那里借来的。那里的老板是个超级唱片收藏家。他不仅喜欢灵魂乐，也喜欢摇滚、蓝调。我那天问他，知不知道一个名叫笹野哲治的吉他手，他立刻从架子上拿出了这张唱片。用他的话说，这是一支传奇式的蓝调乐队。"

"学长为什么对哲伯的事情有兴趣？"

"见过他本人后，就突然有了兴趣，想知道他曾经是什么样的音乐人。你听过他的吉他演奏吗？"

"没有，就算听过，也完全不记得。"哲伯的音乐生涯到我七八岁的时候就结束了，"这唱片，学长已经听过了？"

"当然了。我本来对蓝调那种比较忧伤的玩意不太喜欢。即便是这样……"学长抬起眼皮盯着我说道："也起了一身鸡皮疙瘩。"

"啊？有那么厉害？"

学长也算是个吉他手，耳朵应该是有准的。

"神一样的存在啊，他的滑音管吉他。那个酒吧的老板也说了，'笹野哲治当年是滑音演奏法的高手'。"

滑音管吉他或者滑音演奏法，是吉他弹奏的一种技法。在我认识的人里面虽然没有这样的吉他手，但也听说过相关的知识。需要将一种名为滑音棒的圆管形道具套在手指上，使其在琴弦上滑动，进行拨奏。因为不必将琴弦按在琴衍上，所以可以连续改变音程。据说是蓝调和乡村音乐中必不可少的一种技法。

"让你这么一说，我也想听了。"我从封套中抽出唱片。

"好啊，借给你。"

"但是，我没有唱片机啊。"

"啊？那下次来我家听。"

学长探过身来，大大咧咧地抓起封套，将封面对着我，指着哲伯说道："还有啊，这把吉他也很厉害哟！吉普森的 L-5CES。"学长虽然水平一般，但是吉他方面的知识却非常丰富。

"好像确实有一把让他引以为傲的名琴，大概就是这个吧。"

"而且，它是只在一九六〇年代制作的限定版，Florentine Cutaway，属于非常罕见的古董吉他。如果现在出手的话，怎么也得一百万——不，保养得好的话，可能要两百万以上。"

"两百万？！"我不由得骇叫出声，唾沫星子都从嘴里喷了出来。

那么值钱的东西，他也扔到海里去了？还是说，那只是外形相似的廉价品……不会，哲伯不会抱着一把赝品去拍唱片封套，我想象不出那种画面。

一口气喝光了饭后送来的冰咖啡，我跟学长告辞，走出了莉莉安。

急急忙忙地赶回店里的路上，手机在裤子的后兜里震动了起来，是老哥。

"阿健，现在有时间吗？"

"嗯，啥事儿？"

"盂兰盆节，我十三号中午回去。跟老妈说一声。"

特意为了这件事？我心怀疑问，但还是应了一声，"知道了。"

"还有，"老哥顿了一下，"想拜托你去找一样东西。"

"找什么？"

"苏打水你知道吧？"

"喝的那种？"

"嗯，喝的饮料。你知道有一种叫福屋苏打水的饮料吗？"

"福屋？不是三矢？"

"不是。是福屋苏打水。过去在东大阪有一家叫福屋饮料的公司。那里的苏打水在关西地区还比较有代表性。大概四十年前，整个公司都关掉了。"

"那么久以前的事情，我怎么会知道呢！然后怎么……？"

"是这样的……"

一开始，还觉得他要我找的东西实在是太离谱。但是听着听着，我就开始痛恨起自己的迟钝：为什么在那时我没有意识到呢！

*

晚上十点的防波堤，依然空无一人。

神户的夜景和南港港区的灯火清晰可见。虽然潮气依然浓重，但也不会令人感到不舒服，大概是因为有风的缘故。

来到与上次同样的地点，老哥将一个纸袋轻轻地放在地上。这个东西最后还是老哥在东京找到的。我从松虫商店街的竹宫酒店开始找起，寻遍了所有可能会有的地方，却一无所获。

我从琴盒里取出吉他，盘着腿直接坐在地上。这是从学长那里借来的最普通的木吉他，我开始用调音器调整音准。尽管同样是吉他，但是跟贝斯吉他又有不同。我笨手笨脚地一边确认音程，一边问老哥道："哎，上次说的那个沉积间断，到底是什么意思啊？"我朝那个纸袋努了努下巴，"也跟这个有关吧？"

"也有关，也无关。"老哥杵在一边，凝视着暗黑的海面。

"我查了，说是全球变暖暂时停滞的现象。还是搞不懂，哪儿跟哪儿嘛。"

"如果上网查询，大概只能得出这样的答案了。"

"还有其他的意思吗？"

"最根本的意思就是'间断'。是地质学上经常使用的一个词语。用日语来表达就是'无堆积'。在沉积物中，如果有一段时期堆积出现了间断，就叫作沉积间断。"

"也就是说……到底啥意思嘛！"我一边想一边嘟囔着。

"在哲伯的沉积物中也有间断。二十年当中，只有一年。"

"意思是，有一年什么都没丢弃？啊，难道……"我能想到的只有一个，"吉普森的 L-5CES？"

"哟，你连型号都知道了？值多少钱？"

"按照学长的说法，最起码要一百万以上。"

"嗯，应该是了。"

"应该是？"我抬头看着老哥，"你的意思是，他没扔而是卖掉了？老哥怎么知道的？"

"该扔那个叫吉普森还是什么的那年，应该是你上高一，我上大四的时候吧？咱家的店铺经营当时遇到了很大的困难，你知道吗？"

"嗯，好像有感觉。"

"爹妈大概没跟你说得那么仔细，但是当时相当危险。用了很多年的厨房设备全部老化，为了更换新设备，贷了很多款。就在同一时期，奶奶突发脑梗，更让家里雪上加霜。"

"对。老妈每天都要照顾奶奶。"

"小店本来就不怎么赚钱，还要还贷款。家里的储蓄已经见底了，爹妈甚至想过，实在不行就得关店停业了。"

"……这么严重啊。"我不由慨叹，"这些我都不知道。"

"当时，我打算继续读书，进研究生院，但是一点都不敢指望让老爹负担学费。我说想用助学金贷款，但是老爹坚决反对。为了我的学费，他又要增加贷款金额。所以，我曾经考虑暂时找家培训机构去教书，自己把学费挣出来。应该是在大四那年的秋天吧。我无意中跟哲伯提到过这件事。"

"啊……"听到这里，我终于猜到了接下来发生的事情。

"哲伯说：'不要走无谓的弯路。钱的话，我来想办法。'第二周，他真的拿了钱来。一百五十万现金。他叮嘱我别告诉老爹。所以，最后我告诉老爹说，因为考试成绩优异，所以学校免除了我的入学金和学费。老爹大概直到现在也没怀疑我的说辞。"

"那，你在莉莉安交给哲伯的，就是还款吗？"

"不是。他一开始就声明，那笔钱不必还。'蓝调人难道会放贷？别傻了。钱嘛，要么就向人借，要么就伸手要。'他是这么说的。"

"那，之前那个到底是怎么回事？"

"是因为我见了美嘉啊！"

老哥终于在混凝土地面上坐了下来。他轻轻地抱住支起的双膝，继续说道："我当时也想过，他是不是卖掉了乐器，拿到了钱。哲伯这个人，不可能有什么存款。我当时想，他不至于因为没有吉他就不再搞音乐了吧，但是，他还是结束了职业生涯。上个月那天，我把他约到莉莉安，跟他说了美嘉的事情。"

"哲伯怎么说？"

"什么都没说。"老哥摇着头，"只问了一句：'美嘉，长得像美智子吗？'"

我突然也来了兴趣："那，像不像？"

"眉毛的形状跟哲伯一模一样，其他的全都像母亲。"

"那太好了。眉毛好歹可以剃掉。"

老哥眯细了眼睛笑着点了点头，继续说道："然后，虽然我觉得没什么用，最后还是拿出三十万给他。"

"是不是想让他再买一把好吉他？"

"嗯。可是哲伯生气了，他说'别搞这种无聊的事儿'。到最后也没收。"

"啊……原来。"也就是说，学长没有看到哲伯将信封推回去的画面。

老哥陷入沉默。我坐在旁边，将金属滑音棒套在左手小指上，拨响了琴弦。

我开始弹的，是上世纪五十年代曾经非常活跃的蓝调吉他手埃尔莫尔·詹姆斯（Elmore James）的《Dust My Broom》。那是一首多处用到滑音管弹奏法的名曲。美其名曰弹奏，其实，我也只是入门级。这首曲子我苦练了一周，自己觉得有那么一点点意思了。

同样的乐句重复了数遍，突然听到防波堤那头的栅栏处传来声响。哲伯出现了。听得到他嘟嘟囔囔的声音——黑咕隆咚的，要掉海里了。老哥拎起提灯迎了过去。

跟在老哥的后面走过来的哲伯点燃了一根香烟，说道："盂兰盆节期间不要靠水太近。你们奶奶没教过你们吗？"

　　"会有鬼魂吗？"老哥吭吭地用鼻子出声笑了起来，"没关系。已经有好几次，我在盂兰盆节期间进行海底采掘，但是一次都没招来鬼啊。"

　　"科学家真是没有人情味的无聊人种啊！"

　　"我已经算是比较浪漫的了。一边研究海底和湖底的淤泥，一边会想象古代的情景。你去看看那些用电脑做暖化模拟实验的家伙，说的全都是煞风景的直白话。"

　　哲伯吐着烟雾，眯起眼睛，目光在他两个侄子的脸上扫来扫去。

　　"那么，今天是要干吗？不是说有礼物给我吗？"他看了一眼吉他，嘴角漾出笑意："告诉你们哈，吉他的话我不要。"

　　老哥拿起纸袋子，递到了哲伯的眼前，"是这个。"

　　哲伯掏出了里面的东西。一个透明的空瓶子。他看着已经褪色的标签，咧着嘴笑了，露出黄色的牙齿："干吗啊，给我这个。"

　　"从海底捞上来的。"

　　"别胡扯！"

　　"那之后，我去见了美智子。是她告诉我的。哲伯的滑音管吉他，不可缺少的是福屋苏打水的瓶子。如果没有，就发不出哲伯的声音。"

哲伯从鼻子里短促地哼出一声，"你挖你的海底淤泥还不够？多余去挖别人的过去。"

"我不是说了吗？"老哥不慌不忙地笑道，"我呢，是研究者当中比较浪漫的那种。而且，还具备一个研究者所应该具有的韧性。"

哲伯嘿嘿嘿地笑了起来，他摸着下巴，涎皮涎脸地说道："这么说，美智子还记得这种事哪！是不是，对我还有意思啊。"

滑音弹奏法还有一个别名，叫作瓶颈弹奏法。起初是黑人蓝调乐手截取酒瓶的瓶颈，套在手指上进行弹奏，之后便开始兴起。如今，一般都会使用市面上销售的现成的滑音棒，但也有吉他手喜欢用瓶颈来代替。

哲伯就是其中之一。他在成为专业乐手之前就一直使用福屋苏打水的瓶子。福屋饮料倒闭的时候，他曾经走遍了市内所有卖酒水的商店，将对方的库存都包了下来。

前年年末，我跟他最后扔进这片海中的就是那些瓶子。那是哲伯在自己的音乐时代收集的最重要的商业工具。尚未用掉的最后十个库存瓶子……

"其实，费了一些力气。"老哥说道，"我让阿健转了好几个酒水店，但是无论多老的老店铺，仓库里都没有这种过去的空瓶子了。不过我想，这个世上有各种收藏癖，痴迷各种奇奇怪怪的玩意。所以在东京，我就按照这个思路去找，最后打听到一个很有名气的瓶子收藏家。我跟他讲了来龙去脉，他就特别出让了一只给我。对瓶子的那种执着，他似乎非常能够感同身受。"

哲伯冲着海里弹了弹烟灰，在防波堤的边上蹲了下来。只见他确认了一下混凝土地面边缘的形态，手握瓶颈，将瓶肩对准了那处边缘。

"哎？干吗！"

我惊诧得喊了出来。

但是哲伯直接挥起瓶子，干脆利落地朝混凝土边缘砸去。只听得玻璃碎裂的声音，瓶身落入了海水中。

"别胡来啊！"我愕然道。

"这样最快。"

他将手上的瓶颈递过来给我看，居然断得整整齐齐。哲伯在地面上咔咔地磨着断口的粗糙处，开始讲了起来："当年，我从高中退学，每天只知道弹吉他。刚好在阿倍野一家摇滚咖啡馆里，听到了一支蓝调乐队的现场演奏。那个吉他手简直是太棒了。年龄跟我差不多，却把滑音管吉他弹得那么出色。那个人就是年轻时的内田勘太郎 ①。"

"这件事，我也听美智子说过。"老哥含笑插了一句，"跟某人不一样，人家现在不也活跃在第一线吗？"

哲伯又闷哼了一声，低着头继续说道："我想偷着学点什么技巧，只要那支乐队一来，我就会到那家咖啡馆去，后来有一位老顾客告诉我说'他用的滑音棒是可尔必思的瓶子'。我回到家里，问老妈——就是你们的奶奶'有没有可尔必思？'，奶奶说'没那东西'，然后从冰箱里拎出一瓶喝剩下的福屋苏打水给我。我就试着将小手指伸进去，吓了我一跳！完全就像是身体的一部分，严丝合缝。不是有所谓命运的邂逅吗——我当时想，这就是了。"

哲伯试了试断口处的触感，将瓶颈递到我手里。

"戴上，试奏一下。"

"啊？我？"

"刚才你不是弹了一首很烂的埃尔莫尔·詹姆斯吗？再弹一遍。"

我将小手指伸进瓶颈，竟然像量身定做的一般，十分合适。也许我的手形跟哲伯的非常相像吧。我将瓶颈贴在琴弦上滑动，开始试着弹奏刚才那个乐句。

---

① 内田勘太郎，原名内田昌宏，活跃于日本的蓝调吉他手，擅长使用可尔必思的瓶首演奏滑音弹奏法。

确实非常好弹。感觉声音也好了很多。

"哇，好棒！哎，有没有觉得好听多了？"我问两个听众。

"没有。跟刚才一样。"老哥摇了摇头。

"单凭这个就能弹好，就没那么多麻烦事了。"哲伯说着，伸出了右手，"行了，给我吧。"

我将瓶颈和吉他一起递给了他。哲伯盘着双腿席地而坐，抱着吉他，摆弄起弦钮。

"首先不是要调音。不是标准定弦，而是开放 E 和弦。"

他按照顺序拨动着六根琴弦，只借助耳朵的听力来转动弦钮。小手指异常灵活，似带非带地运用着瓶颈，乐曲像流水一般响起。还是那首《Dust My Broom》。

乐声甫响，我便吞下一口唾沫。

瓶颈每次滑过琴弦都会发出回音，音色清亮而又繁复。颤音如歌唱，还带着一丝丝迷人的不和谐音。这是同一把吉他吗？我开始怀疑起自己的耳朵。超脱的指法激越而又温柔，充满作为一名男人都能体会得到的性感，美妙非凡。

那天，我在学长家里听了过去的那张唱片，当时就已经被其中的演奏震撼到，没想到，现场听到的音色真的会让人芒粟骤起，浑身酥麻。二十年的空白期仿佛在瞬间就被填埋无踪。身边的老哥如文字所述般地双目圆睁，眼廓越撑越大。

一段结束，终于可以深深地吸一口气。我不由自主地发出声音："神了……"

"不行了，手指已经不太听使唤了。"哲伯揉着双手。

"没，真的是惊到了。"老哥发自内心地说道，"回头我得告诉美嘉——我听到了你父亲绝妙的吉他弹奏。"

哲伯一言不发，又叼起了一根烟，点燃。

老哥继续着刚才的话："顺便，把那两个问题也回答一下吧。"

"什么问题来着？"

"一个是，对于女儿，你是怎么想的。"

"那还用说嘛，肯定是世界上最宝贵的存在啊。虽然不能在身边，但在心里一直惦记着。"

"另一个问题，父亲有没有因此而后悔。"

"后悔啊。后悔到家了。"哲伯苦着脸，吐出了一口烟，"过这样的人生，还不如一早就继承家业呢！哪怕是个鱼糕店。"

"哪怕是个鱼糕店？！瞧不起还是怎么着！"我忍不住插嘴道，"那也不是哲伯这样的人能干的工作。"

我真的有些气恼。最近不知为什么，提到这个话题就会变得很敏感。

"干吗啊阿健。"哲伯坏笑起来，"你小子，越来越有笹野家老二的风范了。"

"把老二当傻瓜吗！"我的声音高了起来，"告诉你们说，我跟老爹每天每天……"

"不过呢，阿健，"哲伯打断了我，"先不要说大话，先做出一件能跟你老爹相提并论的事儿来，开发出一款类似生姜莲藕天妇罗那样的商品以后再说。那玩意儿，简直是太好吃了。最棒的下酒菜啊。"

"……我知道，不用你说我也知道。"

"现在店里那些天妇罗，一半以上都是你老爹创制出来的。试做了之后，最后没能成为商品摆出来销售的，也许是它们的好几倍也不止。什么都不想就只是在店里干活，是赶不上历代的笹野家次子的。"

我正打算回敬些什么，但是话却堵在嗓子眼里说不出来，只有嘴唇抽动了一下。

"阿优——"哲伯将脸转向老哥，"对刚才最后那个问题的回答，我是开玩笑的。你告诉美嘉，后悔啊，就是人生的附属品。但是，那不也很好吗？就因为这样，才会有蓝调的嘛。阿优有阿优的，阿健有阿健的，美嘉也有美嘉的蓝调。你告诉她，她老爹啊，正在有声有色地玩着老爹自己的蓝调……"

"这么复杂的话，哲伯能不能自己亲自去说？"老哥苦笑道，但苦涩中又带着一丝喜悦。

哲伯又嘿嘿地笑了起来，将烧短了的香烟丢在水泥地面上踩灭掉，碾了碾。

他重新架好吉他，玩儿也似的弹起一串即兴乐曲。

听着哀婉的旋律在耳边反复响起，我俯瞰着眼前的海水。漆黑浑浊的海面上，映出笹野鱼糕店已经褪了色的门帘。

就是这样的啊……我突然想到。这家店里，也在不断地沉积。祖父和父亲五十五年的笑与泪，像纹泥层一样累积在一起。

如果继续将这首蓝调唱下去，也许自己真的是最合适的。比谁都像笹野家次子的自己。我这样想着，感觉喉头的堵塞感似乎已经消失。

哲伯的手突然停住了。

他抬起头，像是对着海对面的某个人，温柔和缓地低语道：

"接下来，再弹一首罗伯特·约翰逊①的曲子吧。"

哲伯的蓝调，溶化在了大阪的海水之中。

---

① 罗伯特·约翰逊（1911—1938），活跃于上世纪30年代的美国布鲁斯吉他手，曾被评为"有史以来最重要的布鲁斯歌手"。

外星人食堂

在吧台尽头的座位上，铃花"啊！"地叫出声来。

身穿睡衣的她停下正在做算术题的手，朝门口望去。拉门的磨砂玻璃刚刚透映出汽车的灯光，她就如遭弹射般跳下了座椅。

"来了来了！"铃花一边喊一边奔进厨房，一把抱住了谦介的腰。

谦介看了看墙上的时钟。八点四十五分。今晚也非常准时。在这间只有三张桌子和一溜吧台的小馆子里，已经没有其他的食客了。

拉门无声地滑开。只见普雷亚手臂轻揽着一部笔记本电脑在身侧，走了进来。普雷亚是铃花擅自为这个人取的名字，而在谦介看来，对方只是一个普通的日本女性罢了。铃花紧张得绷紧了面孔，拽着谦介的围裙。

"欢迎光临——"

普雷亚对谦介的招呼声没有任何反应，径自走到自己的老位子——进门左手的餐台前。她背靠墙坐好，打开了电脑。

谦介端着冰水向那张餐台走去。对方看上去跟上个月刚满四十一岁的谦介年龄不相上下。身材高挑纤细，齐肩的黑发用橡皮筋扎成一束。白色 T 恤外面披着一件黑色开衫，下身穿着一条素灰长裤。从紧盯着电脑画面的细长的秀目中，看不出任何情绪。重新打量她的样貌，谦介有点明白铃花为什么会产生奇怪的妄想了。

普雷亚听到杯子放在桌上的声音，抬起头来。墙上或者桌子上的菜单她连看都没看，就用毫无起伏的声音说道："请来一份炸竹荚鱼套餐。"

"炸竹荚鱼——"

谦介跟唱了一遍，其实完全没这个必要。因为今天是周一。

普雷亚开始在工作日的每晚光顾小馆，已经持续了三个月。每天晚上，她必定会在八点四十五分准时出现，遵循着一定的规律点餐。周一炸竹荚鱼，周二酱焖鲅鱼，周三姜烧猪肉片，周四生鱼刺身，周五猪肝炒韭菜。在这三个月的时间里，她周而复始地只吃这五种套餐。

最初发现这个规律的是铃花。虽然是自己的女儿，但谦介仍然觉得，对一个小学三年级的小女孩而言，这样的观察力十分了得。用铃花的话来说，这位女子从第一次来店用餐的时候开始，就因为哪里怪怪的，引起了她的注意。

谦介也从很早开始就感觉，她是个古怪的客人。理由非常简单。她一次都没点过本日特餐。

在这家"荣食堂"，卖得最好的就是晚餐时段的本日特餐。使用时令食材，用传统的做法精心烹制。凭良心说，每份九百元的含税价，几乎不赚什么钱。但是谦介觉得，如果他的套餐店只是不断重复那些相同内容的常规套餐，那还不如倒闭的好。

因为非常受欢迎，所以来吃晚餐的顾客多半都会点本日特餐。只靠谦介一人操持的小馆能做出的份数有限，所以经常不到八点就会沽清。老顾客熟知这一特性，因此每天晚上过了八点半，店里就几乎没什么客人了。

所以，普雷亚基本算是每天最后的客人。如果遇上还能提供本日特餐的时候，写着"本日特餐"的小黑板就会立在吧台上，但她却从来没有点过。比如今晚的套餐是"盐烤秋刀鱼（配秘制香汁）、秋季时令根菜什锦烩、山药豆饭、蘑菇汤、纳豆"。店中剩下的食材刚好够做最后一份。

　　而普雷亚点的套餐里面含有炸竹荚鱼、跟本日特餐一样的什锦烩、米饭、味噌汤、泡菜。谦介将这五种肴馔摆在托盘里，端到了普雷亚的面前。她立刻合上了电脑，将桌面腾出了足够的空间。

　　只见她规规矩矩地双手合十，嘴里小声念叨了一句"我开动了"。虽然面无表情，但她用餐的姿态却十分优美。也不去看手机或其他东西，只是默默地舞动着筷子。

　　铃花伸长了脖子，从厨房和吧台之间的隔断处探出头来，观察着普雷亚的一举一动。对方的精神完全集中在眼前的餐盘中，丝毫没有感觉到铃花的注视。

　　像往常一样，二十分钟左右结束了用餐。谦介确认她已经双手合十说了句"我吃好了"之后，便上前撤下了餐盘。她又打开电脑，一边啜着煎茶，一边开始打字。这也是每次必做的事情。

　　谦介端着餐盘回到厨房，见铃花不满地噘着嘴抱怨道："哎呀——"

　　"不抓紧时间她就要走了啊！"

　　"知道知道。"

　　谦介轻叹了一声，抓起餐厅的大水壶，又朝普雷亚的餐台走去。

见谦介往自己的茶杯中续上煎茶，普雷亚颇有些惊讶地抬头看着他。因为这是平常没有的服务。

"请问……"谦介终于下决心开了口，"稍微打扰一下，可以吗？"

"什么事？"普雷亚的手还放在键盘上。表情虽然有些严肃，却没有戒备之意。

在不擅长笑这一点上，谦介倒是有过之而无不及。就连现在，他也知道自己的眉头攒在了一起。

"是这样的……"刚一开口，他又有些退怯。因为回看着自己的普雷亚，目光显得过于直率。"也许您也知道，敝店还有本日特餐这样的菜单。"

他正要指向吧台上的小黑板，却与铃花的目光撞到了一起。只见她正瞪视着自己，似乎在说，究竟在搞什么鬼嘛！谦介用目光安抚着铃花，示意她少安毋躁。成年人的对话是有一定的先后顺序的。

"是，我知道。"普雷亚平静地答道。

"可以说是敝店的推荐菜品。请您下次一定试试。"

普雷亚盯着小黑板凝视了片刻，说道："是啊。有机会再试。"

成年人的对话到此中止。普雷亚又喝了一口煎茶，拿着钱包站起身来。

谦介忍受着铃花针扎一般的视线，在收银台接过一千元的钞票，递过找零。铃花见普雷亚夹着电脑正要走出店门，用力地扯了一下谦介的围裙："哎——呀！"

"那什么，对不起。"谦介条件反射般地脱口出声，"还有一件事，可以吗？"

普雷亚手停在拉门上，回过头来："什么事？"

"请问……您住在附近吗？"

铃花气急败坏地拍了一下他的屁股。确实，"还有一件事"就问这个，是有些说不过去。

"是啊，看怎么定义'附近'这个词了。"普雷亚不苟言笑地答道，"从来没有测量过从这里到住处的准确距离，但是从感觉上来说，步行有点吃力，开车的话转眼就到——就是这种程度的距离。"

非常独特的表达方式，说不上是生硬还是柔和。果然不是一般人。

"……原来如此。那么，您是做什么的？我指的是工作……虽然，这已经算是第二个问题了。"

"为什么要问这个？"普雷亚的眉头微微蹙在一起，"如果有必要的话，我自会不吝相告。"

"不不，不是必不必要的问题……怎么说呢，就是……"

谦介语无伦次，他身边的铃花终于高声叫了出来："普雷亚德斯星！"

"哎，铃花！"

"是不是普雷亚德斯星？你真正的家。"

铃花手扶在隔断上，直接对普雷亚说道。在这一点上，铃花大概像她的妈妈望美吧。一开始瞻前顾后，一旦下定决心就口无遮拦、勇往直前的那种类型。

"普雷亚德斯……"普雷亚转向铃花道，"是指昴星团①？"

铃花歪着头答不出。谦介也是一头雾水。

普雷亚一言不发地拉开了门，走到了店前的停车场，店门在她身后敞开着。她抬头看着天空，又向前走了几步，站住了，回身朝着小店里面招了招手。

谦介和铃花对视了一下。铃花微微点了点头，抓住了谦介的围裙，像是被谦介拖着一样，一起来到了外面。

普雷亚指着正对道路方向的偏左方位——东南方的天空。

十一月份的夜空格外澄澈，星星清晰亮眼。如果在筑波市中心的话，颇有一些高楼大厦，但这里位于城市的北端，周围尽是农田和民居，整个天空一览无余。

"在那边，星星聚拢在一处，能看到吗？噼、噼、噼、

---

① 昴星团（Pleiades），离地球最近的、也是最亮的几个疏散星团之一。

嘣、嘣。"普雷亚轻轻地点着食指，"大约有五颗。"

铃花朝着她指的方向看了一会，最后却摇了摇头。谦介也没有找到。

"那么，你知道哪个是猎户座吗？"

"知道。"铃花指着低空的一个星座。

"在猎户座的正中，是不是排列着三颗星星？成一条直线。沿着它一直朝右上方向延伸……"

"啊！"铃花叫了起来，"我看到了！"

"有吧？嘣、嘣、嘣、嘣、嘣。"

"嘣、嘣、嘣、嘣、嘣、嘣、嘣。"铃花掰着指头数着，"有七颗！"

"七颗……视力很好啊！"

"你们说的，到底在哪儿啊？"谦介死命地盯着天空，依然懵里懵懂。

"那个就是普雷亚德斯星团。"普雷亚没有理会谦介，继续说道："在日本，也叫它昴宿星团。肉眼可以见到的只有几颗，但是实际上，那里聚集着一百多颗恒星。所以，名为普雷亚德斯星的天体是不存在的。"

铃花呆呆地抬头看着普雷亚。那表情看上去半带着惧怕。也许在铃花的心中，妄想正在开始向确信转变。

"不过，"普雷亚问铃花道，"为什么说我的家在普雷亚德斯呢？"

铃花退后了半步，求救一般靠在谦介身边。

"……对不起。"谦介硬着头皮接过话来，"这孩子最近总是说一些奇奇怪怪的话，说地球上住着很多外星人，比如普雷亚德斯星人什么的。好像从朋友那里借来的漫画书上有那些内容。"

"不是漫画书。"铃花小声反驳道，"那本书叫《真正可怕的宇宙秘密》。"

"也就是说，我是那种普雷亚德斯星人之一。"普雷亚神色泰然，看不出一丝变化。

"因为普雷亚德斯星人跟地球人长得一模一样。"铃花说道，"每天都到我们店里来，调查地球人都在吃些什么东西，把它记录在电脑上……"

"哎！"谦介慌慌张张地捂住铃花的嘴，"真的很对不起，这孩子净说些没礼貌的话。"

"但是，"普雷亚的目光在谦介和铃花的脸上来回扫视着，"有什么理由让你这么想呢？认为我是一个外星人的理由。"普雷亚不解地将手扶在下巴上。

铃花说道："因为，我看见啦。"

"看见什么？"普雷亚接着问道。

"昨天傍晚，在神社前。你对着天空说：'喂——'。当时有黄色的光飞过，是你们同类的 UFO 吧？"

确切来说，是这样的。昨天——周日傍晚五点半左右。铃花从朋友家回来的路上，在附近的鹿沼神社门前看到了普雷亚。当时她正站在停在路边的车旁，抬头望着日已西沉的天空。铃花也没多想，只是很自然地走近，顺着普雷亚的视线看了过去。于是，她看到一道黄色的光唰的一下划过天空。虽然没有任何根据，但是铃花却非常肯定地认为，"那绝对不是飞机"。而且，她还听到普雷亚对着那道光呼唤："喂——"

面对铃花看似荒谬的主张，普雷亚的表情依然没有任何变化，甚至还非常认同地点了两下头，"嗯，原来是这样。"

"作为一种推论来讲，道理说得通。而且，你说的也都是事实。"

"都是事实……？"谦介吓了一跳，"难道，UFO也是？"

"是啊。"普雷亚依然看着铃花说道，"虽然不是什么不明飞行物，但是昨天那个确实是宇宙飞船。"

"果然！"铃花抓着谦介围裙的手上又加了些力。

"而且，虽然不是普雷亚德斯星人，但我确实是宇宙人。"

铃花倒吸一口气。望着僵住了的铃花，普雷亚第一次露出了微笑。

"当时我望着的，是 ISS——国际宇宙空间站。"

"宇宙空间站？"铃花的眼睛瞪得溜圆。

"在四百千米的高度，围绕着宇宙空间旋转。也有宇航员在上面，所以认为它是一种宇宙飞船也没什么不对。"

"那种东西用肉眼可以看到吗？"谦介从边上插进来一句。

"当然要根据当时的航行轨道。从时间带上来说，会在黎明或者傍晚，黄色的光从天空唰的一下横扫过去。"

"听上去很像是飞机。"

"感觉上略有不同。不像飞机那样能看到红红绿绿的光，也没有訇訇的声音。是静静地划过去的。所以——"

普雷亚又将目光转向铃花，点着头。

"认为那道光是特别的飞行物，你的观察是非常准确的。"

铃花开心极了，左右摇晃着握在手里的围裙边。

"可是……"铃花像是要掩饰害羞，问道，"我觉得从这里喊'喂——'，宇航员是听不到的。"

"没错。但是，一想到在那里有人在做宇宙工作，就特别想呼唤一下。"

"我也想再好好看一回。"

铃花话音一落，普雷亚就马上行动起来。她站在原地，打开了笔记本电脑，滑动着指尖开始搜寻。

"在JAXA^①的官网上会公布ISS的轨道信息，看信息就可以知道，大约什么时候会从这里的上空经过。"

如果说JAXA，谦介是知道的。那是有关宇宙的一所研究机构。在这里，也有一个名叫筑波宇宙中心的设施。普雷亚难道跟那里有什么关联？但是这周边是老住宅区。从外地来的研究人员和技术人员，多在市中心——所谓研究学园地区——过着一种都会式的生活。在这种偏僻地方没什么可做的，小饭馆的常客也不会是他们中的一员。

"明天的观测条件似乎不错。天气好像也很好。"普雷亚说完，看了看谦介的脸，"可以吗？"

"什么？"

"准备好做记录。"

"哦，哦哦。"谦介手忙脚乱地在围裙的口袋里翻找，掏出了记事本和一截小铅笔头，将潦草写着"味醂 白味噌 油菜"的第一页撕下来揉成一团，示意普雷亚"请讲"。

"明天，11月16日。观测地，筑波。可以开始观测的时间和方位，17时24分30秒，西南偏南方向的天空。

---

① 日本宇宙航空研究开发机构（Japan Aerospace Exploration Agency，简称JAXA），是负责日本的航空、太空开发事业的独立行政法人，隶属于日本文部科学省。

最大仰角——也就是说抵达天空最高位置的时刻——"

普雷亚淡淡地读出时刻和方位,谦介龙飞凤舞地记录着。铃花在旁边看着记录,突然说:"错啦!"

"最后那个不是东北偏北,是东北偏东!"

"啊,哦哦。"

谦介改好之后又从头复述了一遍,普雷亚满意地合上了电脑。铃花从谦介手中抢过记事本,眼神放光,重新读了起来。

"莫非,您是……"谦介问道,"宇宙中心的研究员?或者……"

"不是。"普雷亚摇了摇头,"我不是研究人员,但是,我在一个名叫高能加速器研究机构①的地方工作。"

"啊,是国道旁边那个。"

谦介朝南边指了指。从这里向市中心方向数公里的地方有一片广阔的区域,那里挂着牌子。

"像我这样的人,猜不到那里是做什么的。"谦介笨拙地咧开了嘴,笑容僵硬。

"那里有各种项目,我是研究基本粒子物理学的。"

"基本粒子是什么?"铃花马上问道。

---

① 高能加速器研究机构(High Energy Accelerator Research Organization,简称 KEK)成立于1971年,位于日本茨城县筑波地区,从事高能物理、核物理和加速器技术研究。

"这个'基本'指的是'原始',粒子是指很微小的小粒。"

普雷亚一边确认着铃花的表情,一边补充说明道,但感觉与服务精神又有一些不同。也许就像刚才提到昴宿星团一样,她不喜欢科学问题遭到误解。

"比如,这部电脑的本体。"普雷亚用手指尖敲了敲电脑的银色表面,"这个是一种名叫铝的元素的粒子——虽然它叫原子——有规律地排列在一起形成的。"

"铝吸不住磁铁!"铃花不无得意地说。

"嗯。然后,如果把原子拆开,还有电子、质子和中子。质子和中子还可以拆分得更小,叫作夸克。"

"夸——克。"铃花无限神往地复述了一遍。话说到一半的时候,谦介就开始觉得晕头转向。

"夸克中有很多种类。目前认为不能再进行拆分了。像夸克这样构成物质基础的原始粒子,就叫作基本粒子。"

"那么,就是说……"铃花像个小大人似的,做出思考的表情,"你是在研究世界上最小的东西吗?"

"对。同时呢——"普雷亚轻轻挑了挑眉毛,"也是在研究世界上最大的东西。"

"哦?"铃花睁大了眼睛,"世界上最大的东西……"

普雷亚尖尖的下巴朝上扬了扬，抬头望向夜空："宇宙啊！"

*

过了午夜一点的国道，来往的车辆寥寥无几。

宽松空阔的四排车道上，几乎没有什么信号灯和照明设施。铺陈在左右两侧的暗影全都是农田。如果前方没有车灯亮起，恍惚之间会陷入错觉，以为自己驶入了正在建设中的高速公路。

民居开始一点一点多了起来，但很少有窗户透出光亮。过了信号灯，道路的右侧开始竖起高高的围墙。围墙里面就是高能加速器研究机构的地盘。

谦介手握方向盘，伸着下巴努了努那个方向，对坐在副驾驶座位上的铃花说："就是这里哦，那个人的研究所。"

"……是这里呀。"

铃花轻声回应。她的睡衣外面还穿了件抓绒衣，但也许还是觉得有点冷，她将两只手插在大腿和座位之间。谦介打开了车上的暖风系统。

"真大啊。"铃花望着绵延不断的围墙说道。当然看不到里面的建筑物。

"据说，这里的地下埋着供试验用的很大的设备哦。以前新闻里曾经播过。"

"唔……"

铃花发出轻声的低吟。谦介看了看她的侧影。望向车窗外的是这个孩子只有在夜晚才会出现的眼神。像是在看风景，又仿佛什么都没看。那双眼睛像是朝着不属于这个世界的某处。谦介有时会想，这也许才是平日里看起来阳光开朗的铃花的真正表情。

他猜到了今晚也会出来开车兜风。因为，跟普雷亚进行过那样的对话。

最初是从铃花上二年级时开始的，到现在已经持续了一年半的时间。铃花回到自己的房间，钻进被窝里之后，到半夜又会起来告诉他，"睡不着"。

一周大概会有两三次，多的时候曾经连续四天都会如此。那天只要稍微有些不一样的事情发生，到了半夜肯定会这样。即使有时谦介觉得并没发生什么特别的事，但是在铃花的心中，一定有谦介所不能理解的理由。

这种情况下，让铃花入睡的方法只有一个。就像这样开着轻卡载着她，在寂静的城市中兜圈子。一般来说，开上不到一个小时，铃花就会开始打哈欠。这个时候再带她回家，她就会乖乖地盖上被子，重新闭上眼睛。

这是经过多次实践之后总结出来的有效对策。

谦介当然不会认为如此便好。他知道，必须找出失眠的原因并予以根除。只是对于具体该做什么，实在难以抉择。

如果望美在的话，她会怎么做呢……当谦介意识到自己正在不自觉地开始想象，不禁自嘲起来。如果望美还活着的话，也不会出现这样的情况。

今年五月有一次家访。面对这个只有单亲爸爸带着一个女儿的两口之家，新接任铃花班级的班主任老师坐在门口，拉开架势，似乎在表明自己已为这次家访留出了充足的时间。谦介觉得还是让对方了解到实际情况比较好，班主任老师很是同情，边听边点头，最后说："或许，应该先让学校的心理咨询师跟她谈一谈，再酌情请校医介绍合适的医院。"

但是谦介并没有行动。暑假前，班主任老师曾经来过一次电话，询问近期情况，谦介只是表示"再观察一段时间"，便挂掉了电话。

他知道自己的态度不太好。但是心理咨询师和医生又能了解女儿什么呢？这种想法在他心中挥之不去。那种认为铃花得了心理疾病的口吻也让他觉得反感。

望美过世就快四年了。作为父亲，为了给女儿补足单亲的缺憾，不致孤单，谦介拼命努力。如果望美还在世——虽然没有一天不这样想，但是在望美的遗像面前，他从未让自己软弱过，咬着牙坚持了下来。如今，他的付出像是被一个一无所知的外人否定了一样，他只是觉得心里非常不舒服。

可是……谦介轻轻地叹了一口气。眼看着，连这样的坚持也快撑不住了。最近，铃花的兴趣似乎正在向奇怪的方向发展。她的书桌上开始越来越多地出现一些不知从哪里借来的魔法、灵魂或灵异事件的书和漫画。普雷亚德斯星人这件事就足以证明这一点。

即便是正处在容易被神秘事件吸引的年龄，谦介也觉得有些太过了。前几天他偶然看到起居室里放着的平板电脑，发现画面停留在"轮回转世""来世再生"之类的搜索页面上。一想到自己在店里忙着的时候，铃花一个人在查询这种东西，他就觉得脊背发凉，同时，心里也如刀割般的痛。

如果这种妄想开始不断占据铃花的大脑，那也许就是一种逃避现实的表现。对于铃花来说，现实难道是那么让她觉得痛苦的存在吗？程度如此严重，居然让她渴望逃入另一个世上不存在的地方……

在路口右转，进入学园西大道，从这里驶向筑波车站方向，是这几个月来的固定路线。右手边是土木研究所。左边零零星星有一些店铺和办公楼，但是灯火通明的只有便利店。

"爸爸稍微调查过。"谦介努力让自己的语气显得更自然。

"……什么？"

"好像有那种专门为睡不好觉的人开的医院。就在这附近也有哦。"不是去精神科或者心理内科那种地方——谦介在心里对铃花和自己辩解道。

"哦……"

"可以试试，请医生看一下……"

"不去。"铃花打断了他的话，"我没病。我很健康。"

"可是，如果是得病的前兆，不就很麻烦了？所以……"

"我不去。绝对不去。"

谦介也料想到了会是这种反应。无论是儿科还是牙科，对于所有沾上医院之名的地方，铃花都不想去。

也许并没有什么可奇怪的。母亲和外婆。这四年间，在飘着消毒水气味，构造相似的病房里，铃花相继送走了世上最疼爱自己的两个人。对于铃花来说，医院是死亡的代名词。

高耸的公寓和楼房进入视野。已经到了研究学园地区的中心地段。一侧的车道增至三排，从那里开始，风景变化越来越大。从新旧交混、杂乱无章的乡下小镇，向着井然有序到令人不由生寒的街区行进。

从路口左转，进入学园中央路。从酒店和立体停车场之间穿行过去，右边是巴士车站，左边是中央公园。筑波车站就在该区域的地下。前方有一架步行桥，谦介将轻卡靠向路边。

还没等发动机熄火，铃花就打开了车门。来到这里，铃花必会下车到外面走走。

谦介跟着一起下了车，像往常一样，从公园旁经过斜坡，向步行桥的桥头走去。长长的步行桥横跨六条车道，桥面宽度大概有十米。这座桥在开发该街区时始建起来，所以设计得比较有现代感。桥面铺着地砖，与铝制栏杆一道，勾勒出悠缓的拱形。

桥上一个人影都没有。桥的另一边建有购物中心和酒店，仅存的少许灯光将建筑的轮廓托浮于夜色之中。这里堪称筑波唯一的繁华街区，而到了这个时间，也一片沉寂。能听到的，是偶尔从下面的道路驶过的汽车的声音。

走在前方几米开外的铃花，在桥的正中停下了脚步。她靠近栏杆，握住杆顶，踮起了脚尖。铃花喜欢站在这里眺望深夜的市街。

谦介也走到她身旁，将胳膊肘拄在栏杆上，俯下身来。

正下方的道路像飞机跑道一样笔直延伸。道路两侧等距排列着的黄色照明，就相当于助航指示灯。放眼向左，是一片造型相同的公寓群。再将视线转向右方，几座写字楼耸然而立。

眼前的景象带着些超现实的味道。整个街区就像是在别处造好之后，直接拿来安放在田野之中。望上一阵子，便会陷入梦境般的感觉里。

看着点亮在大厦顶上的红色灯光，谦介说道："简直就像……"

"外星人一样。我们。"

铃花扭头，仰脸看着爸爸："……为什么？"

"就这样，有没有一种来到了外星球的感觉？"

"没有。"铃花回答得冷淡而干脆。

"你想象一下嘛！我们都是乡下星人。从乡下星乘坐褴褛宇宙飞船轻卡号，来到这个筑波星球。"

"什么嘛。"

"为了不引起别人的注意，在半夜时分悄悄着陆，打开宇宙飞船的舱门。于是，第一次看到了筑波星首都的景色。此时乡下星人的心里会是什么感觉呢，爸爸现在正在体会。"

"不懂你在说什么。"铃花脸上的表情终于放松了下来，"又不是第一次看到的景色。"

"……对哈。说得也是。"

谦介微笑着，回味着自己刚才的那段话。

谦介和铃花，是结伴来到这个星球的两个外星人。

这样一想，又觉得惊人的恰当。长期郁结在心里的一种无法言说的寂寞，伴随着父女二人的不踏实感，似乎都有了完美的解释。

谦介出生于山梨县，在石和温泉的温泉街长大。在他记事前，父母就离了婚，母亲在旅馆做服务员，养大了唯一的儿子谦介。高中毕业之后，谦介去往东京，进了厨师专业学校。晚上上课，白天在学校介绍的餐厅里打工，赚取学费和生活费。拿到厨师执照之后，就在日本桥的一家餐馆谋了一份职。他勤勤恳恳地做了七年，终于在炖煮菜肴上可以独当一面。正当他考虑回到石和，在旅馆的餐饮部找一份工作时，母亲却因脑动脉瘤破裂溘然离世。

一夜之间变得举目无亲的谦介引起了厨师长的注意，说要介绍一位姑娘给他认识。厨师长让他放轻松，不必当作是相亲，半强迫式地把他带到了银座的一家餐馆里。就这样，谦介认识了望美。望美的父亲是厨师长的老朋友，她是家中的独生女，跟谦介同龄。她父亲已经过世，生前在筑波经营过一家小小的寿司店。

初次见面的时候，谦介感觉对方是一个优柔寡断的女子，不知心里在想些什么，也没觉得有多漂亮或多可爱，但是笑起来时的小酒窝却特别迷人。而在望美看来，谦介有一张表意不明的面孔，看不出是无聊还是紧张。约会了两次之后，望美才明白，那就是谦介一贯的表情。于是，望美像是换了一个人似的，开始说个不停。交往还不到一个月，就提出到箱根旅游的，其实是望美。

谦介不必费心找什么话题，望美也会自说自笑。她是一个不拘小节的人，因而也不会对谦介挑三拣四，牢骚抱怨。虽然谈不上是什么刻骨铭心的恋爱，但是谦介觉得，如果跟望美在一起，几十年都可以一直安安稳稳地共同生活下去。

一年后，他们在神前举办了只有亲友参加的小型婚礼。就在他们三十岁那一年。一开始他们甚至都不打算举行什么仪式，但是厨师长不答应。厨师长代亡友力尽家长之职，亲自订好了相熟的神社，包下餐厅筹备婚宴。

在西葛西的公寓里，两个人开始了新生活。两年之后铃花出生。他们对生活没有任何不满和忧虑。两个人只有一个梦想——开一家小餐馆，夫妻二人共同经营。

望美查出乳腺癌，是在铃花刚过三岁生日之后不久。当时，癌细胞转移到了淋巴和骨骼，已经无法通过手术来治疗。听到医生的宣告，谦介感觉万念俱灰，身边的望美却依然没有失去她的开朗。不，她只是认为不能够失去，实际上，她竭力在与绝望作斗争。因为有铃花。

从开始治疗时起，夫妇商议后决定，向望美位于筑波的娘家求援。为了看护望美和照管铃花，他们需要岳母的帮助。岳母独自一人住在古老的独栋房子里，寿司店虽已关闭，却还保留着店铺原样，占了一楼的一半面积。尽管如此，整栋房子里的房间也足够用。谦介跟厨师长说明了事由，辞去餐厅的工作，一家三口搬来了这里。

望美在大学医院里开始接受药物疗法，谦介开始在外卖便当的厨房里工作。因为该店虽然收入不高，但是工作时间比较短。岳母为了女儿和外孙女尽心尽力。年幼的铃花也学会了忍耐。大家都在努力，事情却不见好转。

暗无天日的斗病生活持续了两年，望美的体力和精力眼看着一天天衰弱下去。谦介做出了一个决定，他准备将已经弃置数年的一楼店铺利用起来，开一间套餐店。拥有一家夫妻店曾经也是望美的梦想。他觉得，如果告诉望美即将迈出的这一步，也许会有什么奇迹发生。

他花了近半年的时间，亲自进行改装，备齐了二手厨房设备和餐厨用具。他决定直接沿用岳父经营的"荣寿司"的"荣"字，给小馆取名为"荣食堂"。

在病房里将店名告知望美时，望美发出了久违的笑声，"这个名字不够响亮哦"，接着说道，"做一家貌不惊人，饭菜却让人惊艳的小馆子吧！我很想对客人炫耀一下，我们的厨师当年可是在日本桥的餐馆里学过手艺的哟！"——谦介之所以不计较盈利地坚持提供他的本日特餐，正是因为望美的这一番话一直留在他的心里。

但是，望美还没等看见站在"荣食堂"厨房中的谦介，就撒手人寰。在距离计划开业日刚好还有一个月的时候。

五岁的铃花究竟以何种方式接受了妈妈的离去，谦介实在想象不出来。也有可能，一直到现在她都没有接受这个事实。望美去世半年之后，铃花突然绝口不提母亲了。

谦介自己也不能靠悲叹过活。他必须继续照顾铃花，必须让推迟三个月开店的套餐店步入正轨。但是，如今想来，他明白当时对自己的苛求异乎寻常的多。他不肯创造空闲时间来让自己烦恼，也许是想用这种方式，来守护自己的内心。

与一心忙于工作的谦介相比,岳母却一下子苍老了许多。对铃花,她依旧像往常一样慈祥可亲,但是越来越多地把自己关在房间里,罹患多年的糖尿病开始恶化。丧女之痛大概也夺走了她对痼疾的抵抗能力。就在望美去世两年之后的冬天,岳母因感冒引发肺炎,很快就离开了人世。

　　自那时起,谦介就在这个无亲无故的城市里,跟铃花两个人相依为命……

　　"走吧。"谦介将铃花外套上的拉链一直拉到了下颚底下。

　　"嗯……"

　　铃花点了点头,谦介向她伸出左手。铃花乖乖地捉住了爸爸的手。父女两个已经好久没有这样拉手了。

　　两人默默地走下步行桥。谦介感觉左手中握着的那团温暖,跟以前有着略微不一样的感触。铃花的手长大了。曾经小到令人难以置信的手,不知不觉就变大了。

　　突然,谦介想起了跟望美之间最后的对话。十二月九号那天晚上,病房里只剩下他们两个人的时候。

　　看上去像是睡着了的望美,迷迷糊糊地像是在说胡话,"哎……"因服用抗癌药物而浮肿的脸对着天花板,闭着眼睛,只有嘴唇在动。

"……铃花，是不是哭了？"

"铃花没来呀。"谦介告诉她。

"……该喂奶了吧……该换尿布了吧……"

也许是梦到了铃花婴儿时期的事情，或者，因为镇静剂的缘故产生了幻听。

"好。我去看看。"谦介附和道，"我抱着铃花呢，你别担心。"

听到这里，望美放心地点了点头，又沉睡过去。她就这样陷入昏睡状态，两天之后静静地停止了呼吸……

喂，望美。铃花已经长这么大了哦。你看——

谦介不自觉地正想将握着的手举起来，铃花突然说："哎，快看！"

铃花指着前方的路面，地上映出他们两个人的身影。是安装在步行桥栏杆上的灯光照出来的影子。一大一小两个黑黑的人影，手拉着手。

"是不是很像外星人？"

"真的。"

也许是因为光线的缘故，两个影子的脑袋都显得异常的大。

"我们是，外星人。"谦介故意拿腔作调，摇头晃脑，影子上的大脑袋也跟着动了又动。铃花咯咯地笑了起来。

外星人父女手牵着手，又迈开了步伐。

*

"电脑是由夸——克构成的。"

铃花看着被推到桌子角落里的笔记本电脑，用求证般的口吻说道。

"正确说来，是夸克和轻子。"普雷亚用筷子拨分开酱焖鲅鱼答道，"轻子也是一种基本粒子，电子是它的伙伴。"

"轻子——"铃花表情认真地重复道，又提出了问题："那，生物是由什么构成的？"

"一样啊。夸克和轻子。这条无比美味的鲅鱼也是——"普雷亚夹起一块嫩白的鱼肉，"金枪鱼、猪肉、我和你也都是。不只是生物。这张桌子和这把椅子、杯子和水，存在于这个世界上的物质，一切的一切，全——都是由夸克和轻子构成的。"

"一切的一切……"铃花有些意外，将信将疑地环顾着空荡荡的四周。店里已经没有其他客人了。

谦介在厨房听到她们的对话，脸上的表情也不由得跟着松弛下来。夸克啦基本粒子啦之类的单词，跟这间陈旧的小馆子放在一起是那么的不协调，甚至显得有些可笑。

但是——他一边将食材收进冰箱，一边想，科学家真的是一群不懂味道的人啊。鲅鱼金枪鱼猪肉，究其根本都是由同样的物质组成的——从科学角度来说或许如此，但如果在饭馆里这样说，还真让人脸上有点挂不住。毕竟厨师都是在想方设法地让各种不同的食材发挥出各自不同的个性。

这时，他突然想到，也许，她之所以会以循环的方式点餐，就是因为她认为，无论吃什么，它们的基本构成都是相同的……

谦介从厨房的隔断伸出头来。

"哎，铃花。有问题等会儿再问，不要打扰人家吃饭。"

"我无所谓哦。"

听普雷亚这么一说，铃花马上得意地朝谦介扬了扬下巴。

谦介对普雷亚低头致歉道："对不起。"

今天傍晚，他们确实清晰地看到了宇宙空间站。谦介暂时停下手中的工作，跟铃花一起等待它出现。果不其然，在普雷亚告知的时刻，那道黄色的光出现在南面的天空，几分钟之后划过天宇，消失在东边的天空中。铃花蹦蹦跳跳，也像普雷亚所说的那样，朝着飞逝的光线挥动着双手，口中喊着"喂——喂——"。

普雷亚跟往常一样来到小馆，铃花等不及了似的迎上去，兴奋地向她汇报，然后就一直赖在普雷亚的那张餐台，不住嘴地问东问西。

铃花盯着普雷亚手中不停舞动的筷子，又开始问起了问题："好吃吗？"

"好吃。非常好吃。"

"为什么总是吃同样的东西呢？周一这个，周二那个。"

"啊……"普雷亚皱了皱鼻子，"如果不这样确定下来的话，就会很难选择。进来的时候，还没有从研究模式中切换出来，所以无法思考其他的事情。"

"吃不腻吗？"

"这里的饭菜吃不腻。每一种都特别好吃。不过马上就要三个月了，我打算换一个新的循环。"

"我们家的店，你是从别人那里听说的吗？"

普雷亚咽下口中的食物，摇了摇头："我自己找到的。来到一个新地方，首先要找到一家靠谱的饭馆。对于像我这样的漂泊者来说，是非常重要的。虽然这次不太顺利，花了好几个月的时间，最后才找到这里。"

"什么是漂泊者？"

"就是去各种不同的地方生活的人。"

也就是说，她并非研究所的正规员工吧，谦介想。因为对那个领域实在不了解，所以也无从判断这种情况是不是很常见。

"那么，"谦介从厨房那边出声问道，"您是最近才到这里来的吗？"

"嗯，今年春天。"

"之前在哪里……"

"看小的东西要用显微镜。"铃花强行插话进来，"基本粒子用显微镜也能看到吗？"

普雷亚将手伸进胸前的口袋里，拿出一个小小的、闪着银光的放大镜。放大镜连着挂在脖子上的黑绳子。她将一粒鲅鱼渣放在筷子套上，拉出镜片观察。

"嗯，只能看到条状纤维。"

说着便将放大镜递给了铃花。铃花也学着她的样子盯着镜片看。

"遗憾的是，即便是使用高性能的电子显微镜，也无法看到基本粒子。实际上，对于基本粒子是否具有大小和形状，都不太清楚。但是，基本粒子的存在和活动方式，可以通过一种特别装置观测到。那就是加速器。"

"加速器……在研究所的名字里也有这个词。"铃花突然像是想起了什么一样，盯着普雷亚的眼睛问道：

"叫什么名字？"

"名字？加速器的名字？"

"不是。我叫田边铃花。"

"哦，是问我的名字啊。本庄聪子。"

"本庄，聪子。"铃花清晰地重复道。

"关于加速器，可以了？"

"还没有。"铃花摇摇头，"那个机器，是不是埋在研究所的地下？"

"哟，这个你也知道？"

"昨天晚上经过那旁边的时候，爸爸告诉我的。"

"昨天晚上？"普雷亚用责备的语气问道，"我走了之后？"

表情中出现了阴霾。似乎是觉得对于小孩子来说，在那样的时间出去太晚了。

"是啊。"谦介插话进来。他声音抬高了一点又道："开车经过了那里。"

"哦……"

普雷亚依然没有表现出认同的样子，但她将视线转回到铃花的身上。

"没错。在那里的地下，有加速器。加速粒子的圆环，直径一公里，周长有三公里。大概能装下一百个你的小学校哦。"

"一百个？！调查那么小那么小的东西，要用那么大那么大的机器……"

"调查的东西越小，需要的设备就越大，做的实验也更复杂。如果用这个放大镜就能看到基本粒子的话，那就太让人开心了。"

普雷亚从铃花手里拿过放大镜，比在右眼上："啊，是右旋中微子。K介子和μ子也飞出来了呀！"普雷亚故作惊奇，极为认真地说道，"可以看出，CP对称被破坏了……哎？这个从未见过的粒子，难道是，希格斯玻色子？"

"那，平常，你都用它做什么？又看不到基本粒子。"铃花问道。

普雷亚将放大镜放在手心："我呢，从小时候开始，就非常迷恋那些小不点的东西。"

"什么样的小不点？"

"像微缩模型里的人偶啦，家具啦什么的就不用说了，我甚至还会收集混在小银鱼中的那种很小很小的章鱼和螃蟹。"

"啊，我见到过。"

"我爸爸发现我有这种爱好之后，就买了这个放大镜给我。在我上小学一年级的时候。从那以后啊，我就像着了魔一样，走到哪里都带着它。用它看花，看昆虫，看小石子，只要是目光所及，我就非要仔细观察一番不可。放学路上也是一样，总也走不到家。为这个，我父母甚至还曾经报警发过寻人启事呢。"

普雷亚喝光了味噌汤，继续说道："十岁生日时，我得到了一个便宜的显微镜。从那时开始，几年的时间里，我就开始迷恋起微生物来。鱼虫啦草履虫啦团藻啦什么的。但是到了高中，这些开始无法满足我了。快让我看到更小更小的东西！"普雷亚用手抓着脖子说道，"就想早日上大学，上那种拥有最先进的电子显微镜的大学，想亲眼看看分子和原子的世界，简直是迫不及待。但是，我永远也不会忘记，高二那年的暑假，发生了大爆炸。"

铃花半张着嘴呆呆地听着。

"我在高中时加入了科学兴趣小组。在一次活动中，到了我现在工作的这个研究所参观。当时它叫高能物理学研究所，然后，我第一次看到了巨大的加速器的实物，第一次听到了专业研究人员讲话。那时，我了解到基本粒子物理学的研究目标和方向，受到了相当大的震撼。当时啊，何止是耳目一新，甚至感觉脑浆都像是发生了大爆炸一样。"

"听到基本粒子的事情，为什么脑浆会爆炸？"

"因为那时我才知道，了解了基本粒子，就了解了宇宙。宇宙刚刚诞生的时候，还是一个只有基本粒子存在的世界。所以，如果了解了基本粒子的事情，就会懂得宇宙是如何变成现在这个样子的。其中加速器就像是创造了宇宙的东西。观察世界上最小的物质，可以看到世界上最大的东西。听到这一席话……"

普雷亚伸长了脖子，双眼突然瞪得大大的，"我的眼前啊，哗的一下豁然开朗。"

声情并茂的气氛渲染让铃花一时呆住了。

普雷亚恢复了原来的平静表情，将放大镜的绳子挂回脖子上："现在我能研究基本粒子，多亏了这个放大镜。所以，我一直将它带在身上。只要有了它，我无论在哪里都没问题。"

"无论在哪里？"

"是啊。无论在丛林还是沙漠，工厂的生产线还是夜店街。只要用这个放大镜一看，就能找到真正属于我的位置，可以找回刚收到这件礼物时的我。就能给我勇气，让我做回真正的自己。"

不明其意的铃花发出"哦——"的声音，那边的谦介心中却感到很吃惊。难道普雷亚真的在工厂和夜店街工作过？

普雷亚将剩下的泡菜塞进嘴里，放下筷子，双手合十。

"我吃好了。"

"每次吃完饭，你总是在电脑上写什么呀？"

"吃饭的过程中突然涌现出来的研究想法，饭后就会记录下来。"

"你不用回家做饭吗？"

"哎，铃花！"谦介急忙从厨房出声制止。

"不用做啊。"普雷亚神态自若地答道，"我一个人生活。"

"没有小孩？"

"没有。现在也没有丈夫。"

"讨厌小孩？是不是不想生？"

"铃花，不要太过分，快回来这边。"

声音里包含着怒气，但是铃花连看都没看谦介一眼。普雷亚也没理他，她抱臂沉思，发出"唔——"的声音。

"我不讨厌小孩，也没有不想生，只是每次都会选择对自己来说最重要的事情，就变成这样了。我以前结过婚，对方特别想要小孩，可是，当时我的研究进展得非常顺利，不想留下缺憾。而且我觉得，浮萍一般的生活对小孩子来说也不好。嗯，大概就是这样。"

"哦。"

"现在呢，偶尔哦，偶尔会想象一下，有小孩子的生活会是什么样的呢？但那只是……"普雷亚耸了耸瘦削的肩膀，"一种无谓的奢望罢了。"

"无谓的奢望……"铃花自言自语般地重复道。

"是。我不想去奢望一些得不到的东西。没有的东西，不能强求。现在我在做自己真正想做的事情，已经足够了。"

已经过了闭店时间，谦介跟在普雷亚的身后走出了店门。铃花已经被他送回了她自己的房间。谦介在撤下门帘之前，深深地低头致歉："真的是，太抱歉了。这孩子，口无遮拦的。"

"大概还不相信有的女人会做出不要孩子的选择吧。"普雷亚说到这里，微微地笑了一下，"一定是有个特别好的妈妈，才会让她那样想。"

"……这个……怎么说呢。"谦介有一瞬间的犹豫，终于下决心说了出来："孩子的母亲，已经去世了。"

普雷亚的眉头似乎跳了一下："原来是这样……"

"嗯，四年前，病故。"

说这些没什么意义，谦介明白。但是他觉得，对一个没有小孩，只对基本粒子和宇宙感兴趣的人，说这些也无妨。

"也许是没有母亲的缘故，她对这种话题就比较敏感，很容易代入自己的遭遇进行比较。"

普雷亚无言地看着他。

谦介像是想把堆积在心中的不安发泄出来一般，语速很快地说了下去："虽然我知道，等那个孩子长大一些，在很多方面只有父亲是不够的。上次我也说过，她最近有些奇怪，对外星人啊魔术啊转世啊之类的特别感兴趣。虽然我不想承认自己的女儿变得越来越不正常，但是她的失眠也不见好。"

"失眠？"

"昨天夜里也是这样，为了哄她睡觉就开车出去兜风。"

"原来是这样……"

看着低头沉思的普雷亚，谦介突然回过神来："哎呀，对不起，真不应该跟客人说这些不相干的事。"

"我……"普雷亚用手按住了下巴，"说了很过分的话啊。"

"什么？"

"说什么无谓的奢望。"

*

穿过笼罩着农田的黑暗，就可以见到右前方研究所的境域。

经过黄灯闪烁的路口，谦介看了看副驾驶位子上的铃花。跟往常一样，她目光迷离地望着窗外的围墙。

过了研究所入口处的信号灯，立刻进入左手方向。这里是农协的停车场。谦介想开口说些什么，结果还是一言不发地关掉了轻卡的发动机。铃花也不声不响地下了车。

出了停车场，走过人行横道，入口就在眼前。没有门扇，宽阔的道路笔直地伸向场地深处。室外照明还亮着的，只有道闸伸出的黄色挡车杆和空无一人的门岗。左右两边能够看见的只有影影绰绰的树木，四周阒寂无声，像是一座深夜的公园。

从一角的灌木丛中探出了一个质地考究的石造门牌，上面的"高能加速器研究机构"几个金色文字闪闪发光。铃花站在门牌的旁边，默默地望着场地内。

远处建筑物的窗口透出灯光，周围并没有人走动。深夜一点钟的研究所里都会有什么样的活动，谦介想象不出。

等了三分钟左右，谦介对着铃花小小的背影说道："好了，别这样。光站在这里也没什么用啊。肯定是因为工作太忙了。"

"这么长时间，一直都忙？"铃花回过头来瞪着爸爸，"怎么可能呢？"

确实，已经有两个星期了。不知为什么，自从那天以后，普雷亚一次都没有来过店里。这种情况之前从未有过。

或许也有这个原因在里面，铃花失眠的夜晚更多了。并且，每次开车出来都会像现在这样，在研究所门前下车，也不是在等着什么，只是看看里面，十五分钟，二十分钟。

"……可能，都怪我。"

"怪你？"

"因为，上次我问了很多不应该问的问题。爸爸不是说过吗？"

"爸爸是说过，"谦介叹了口气，"但是，她不会因为这种事儿不来的。"

反而——谦介想起那天分别的时候，普雷亚比较在意的事情。

那句话确实留在了铃花的心里。勾起的心事当然是关于她的母亲。在那天夜里的兜风途中，铃花曾经问过谦介，"什么是无谓的奢望？"谦介只是淡淡地回答她，"大概是指，想要那些得不到的东西吧。"铃花也再没问下去。

干涩的北风吹过公路。谦介有些发抖，他突然意识到，铃花的睡衣外面只披了一件开衫。

"你的羽绒服呢？放在车上了？"应该给她带上了那件跟谦介同款不同色的羽绒服外套。"如果还想待一会的话，不穿上可不行。咱们回去拿衣服。"

谦介攥住一脸不情愿的铃花的手臂，急急忙忙地穿过红灯闪烁着的人行横道。刚一走进农协的停车场，铃花突然站住了。她抬头看着饮料自售机。

"想买点热饮料？"谦介把口袋中的零钱掏出来放到铃花的手心，"也帮爸爸买一个。咖啡，要低糖的。"

谦介将铃花留在原地，朝自己的轻卡走去。一辆小汽车正沿着国道向这边驶来，接近信号灯，速度放缓下来。谦介用后背也能够感觉到，那辆车正准备进入研究所的场地内。

谦介从轻卡的座位上拿到铃花的羽绒服，回头看了看自售机那边，心里咯噔一下：铃花不见了。

谦介慌慌张张地跑出停车场，高声叫着："铃花！铃花！"他一边叫一边左顾右看地寻找。人行道上没有人。难道，她进了研究所？

谦介毫不迟疑地走进了研究所的界内，一边叫着铃花的名字，一边朝里走。

道闸的左边可以看到有建筑物。谦介跑过去，只见玻璃窗的下面有一个接待柜台，用英语写着Information。里面没有亮灯。"有人吗！"谦介大声喊道，没有应答。

谦介离开问询处，进入了道路另一侧的停车场。只停了两台车。再往里还有平房建筑，谦介走过去。玻璃门里面的走廊黑漆漆一片，大门当然也是紧锁着的。

谦介无头苍蝇般地在黑暗的场地内来回寻找。别说铃花，其他人也一个都没有遇见。他开始连自己身在何处都不能确定起来。

报警——他刚想到这里，就见道路的前方有一处微弱的光亮，是拿着手电筒的保安。突然，从那后面弹出了一个小小的身影，朝这里飞奔过来。铃花一脸委屈的表情渐渐清晰起来。

在问询处里面的保安室里，谦介浅浅地搭坐在钢管椅子上，在保安递过来的一张纸上填写自己的姓名和地址。坐在身旁的铃花带着些怄气的神态，低头看着地面。

头发花白的保安坐在桌前，翻看着名册。谦介和铃花所说的情况是否属实，似乎有必要查证一下。深更半夜地走丢了孩子，确实让人起疑。

根据铃花的说法，事情的经过是这样的：就在自售机那里跟爸爸分开之后，她突然发现刚刚开进研究所场地中的小汽车里有一个感觉很像普雷亚的女子。

她一心以为那个女子就是普雷亚，就跟在车子后面追过去。车子拐了几个弯之后不见了，周围一片漆黑，她自己也找不到方向了。在她哭着喊爸爸的时候，幸好有保安巡逻到这里，把她带了出来。

谦介最后写下电话号码，放下了圆珠笔，看着铃花叹了口气。还没等谦介开口，铃花就噘着嘴道，"因为……"

"真的很像啊，发型也像。"

"没看到脸吧？那辆车是蓝色的吗？"

"大概是白色的……"

"那就不对了啊，跟她本人的车不一样。"

保安在那头发出沉吟，转过身来："这里好像并没有姓本庄的员工。"

"啊？真的吗？"谦介跟铃花面面相觑，"但是，确实是这里的……"

"那个人是正规员工吗？"

"哦……也许不是。"

"那应该在这里。"保安又对着电脑，打开了屏幕上的文件夹。"非正式工作人员出入得比较多。对方是年轻的研究员吧？"

"没有，也不是特别年轻……"

"哦，是嘛。"保安挠了挠花白的脑袋，"嗯……这里也没有那个人的信息。也许已经不做了。"

"不会吧，那样的事……"一点都没听说啊。

"这里呢，处理日常事务的人手也不太够。如果只是短期雇佣的研究员，相关信息还没等发到我们手里，人就已经离开了，经常会有这种情况。"

"原来如此……"

"所属部门知道吗？研究室的名称之类的。如果知道的话，明天打一个电话就能确认了。"

"对不起。"谦介摇着头说道，"关于这个，也一概不知。"

*

结果，到了下周，再下周，普雷亚都没有到店里来。当然一点相关信息也没有得到。

一直光顾的客人突然不再来了，这种情况并非罕见。人生总有意外。世事总是会突然发生改变。本以为是每天都有的日常，却会非常轻易地中断，轻易到令人惊讶。就像自己这半生。

谦介接受了这个事实，但铃花没有。

晚上八点半，她就会下来店里等普雷亚，过了九点又会默默地回到自己的房间。每晚如此。

新年过去之后，普雷亚的名字渐渐不再出现在父女俩的对话当中。只是，坐在吧台的尽头写作业一直到闭店，变成了铃花每日的习惯。

深夜兜风依然在进行。虽然已经不会再在研究所前面下车，但还是会去筑波车站前的那个步行桥上站一会儿。

从那里瞭望着筑波的街景，谦介有时也会突然想起普雷亚。

他会想：那个人真实存在于这个世界吗？或许，她真的就是外星人，现在已经回到自己的星球了吧。

*

"香煎马鲛鱼（和式柠檬口味），菜花醋酱小鱿鱼，焖笋饭，新洋葱土豆味噌汤，纳豆"

谦介手拿抹布伸向吧台上的小黑板，正在做汉字练习册的铃花抬起头来："为什么要擦掉？不是还有本日特餐吗？"

"其他食材都还有，但是纳豆没了。所以我要做的是——"

谦介只擦掉了"纳豆"二字，写上"泡菜"以代之。他顺便瞥了一眼铃花的练习册，见她正在用铅笔描写汉字"議"。

"四年级就开始学这么难的汉字啦？"

"全都是我认识的字。"铃花轻飘飘地说道。

最近，铃花更加认真地开始读起书来。谦介每逢周末都会带她去书店买一本新书。这是谦介能想到的一种手段，尽可能让她不要只读魔法或灵异之类的读本。现在铃花似乎集中精力在推理小说上，着迷地在读少儿版推理系列丛书。

失眠的症状没有好转，也没有恶化。谦介找了个合适的时机，哄着她去了一次医院。但是记录了睡眠时间表，又提交过去之后，就中止了治疗。大概医生过于执着地追问一些触及她内心的问题，引起了她的反感。铃花坚决表示不想再去医院了。

下个月还有家访。班主任没换，还是原来那个老师，所以一定也会谈到有关失眠的事情。每当想起这些，谦介就觉得心情很沉重。

刚才在座位上摊开报纸看体育新闻的最后一位客人，已经结过账离开了。谦介撤下用过的餐具，擦着桌子，突然抬头看了看墙上的时钟。八点四十五分……

与此同时。透过拉门的磨砂玻璃突然照进了车灯的灯光。谦介与一脸惊异的铃花对视了一下。

"铃花，"谦介语速飞快，"如果真的是，不要这个那个什么都问。也不许说责怪的话。人家毕竟是咱们的客人。"

话音刚落，拉门就开了。普雷亚走了进来，表情非常自然，就像是昨天刚刚来过一样。

"欢迎光临——"谦介也用和平时一样的语气招呼道，"好久不见。"

"好久不见。"

铃花的身体凝固在吧台的座位上。普雷亚朝她点了点头，到老位子就座。发型、着装、笔记本电脑跟以前并无二致。唯一不同的是，她的目光停留在靠吧台立着的小黑板上。

"请给我来一份，本日特餐。"

"特餐一份——"

谦介带着新的点单回到厨房，铃花紧盯着爸爸，像是有话要说。但谦介只是默默地冲她点了一下头，便回身开始烧菜。

谦介将马鲛鱼放入煎锅时，普雷亚像往常一样打开了笔记本电脑。只有铃花心神不宁，闪烁的目光不时瞥向普雷亚。

在一种微妙的既安静又紧张的气氛中，时间过去了十几分钟，饭菜已经料理妥当。谦介将五种食物放在托盘上，送到了普雷亚的面前。

普雷亚双手合十，"我开动了"，掰开方便筷子。

正当她将味噌汤的漆碗送到嘴边时，铃花终于忍不住了。她轱辘一下将屁股底下的吧椅转了过去，整个身体面对着普雷亚的方向："为什么？"简洁尖锐。

谦介刚想制止她，却听铃花接下来说的是："为什么今天点的是本日特餐？"

哦——谦介松了口气。原来是这个问题，还好还好。

"哦……"普雷亚放下了手中的碗，"因为今天有泡菜。"

"泡菜？你喜欢吃泡菜吗？"

"本日特餐一般总是会有纳豆吧？我不吃纳豆。"

"啊！所以，一直都不点本日特餐吗？"铃花回头看了看谦介，"听到了？"

"今天刚巧赶上纳豆沽清。"谦介对普雷亚微笑着，"其实，您要是提出来，可以给您换成泡菜，完全不成问题。"

"早说不就好了？"铃花对普雷亚说道，语气像个大人，"那样就不用循环点单，每天只要点本日特餐就好了。"

"我觉得，对茨城县的人说不喜欢吃纳豆，好像很没礼貌。"

"爸爸他不是茨城县的人哦！"

"哦？"

"嗯。他是从乡下星来的乡下星人。"

"乡下星人?"

"嗯。"铃花像想起了什么似的,从椅子上跳了下来,"明天也来吗?"

"明天来不了。后天大后天也是。"

"是嘛,"铃花轻轻地顿了一下,又朝普雷亚走近了一步,"那,有个地方我想请你一起去。吃过饭之后。"

"好啊!"普雷亚看着铃花的眼睛点了点头,"我也有件事一直想对你说,所以今天来了。"

从人行天桥上看过去,夜里十点钟的街景就像是正在做睡前准备一样,动作十分缓慢地蠕动着。

酒店的窗口多数还亮着灯,巴士车站的站台上还有正在等待末班车的乘客。穿过桥下的汽车不曾间断,路边停靠着临时休息的出租车。

铃花站在正中,普雷亚和谦介分立两旁。眼前的景色跟往常看起来不一样,大概也因为今晚在父女之外,又多了一个人的缘故。

"哦——这就是筑波星的景象呀。"手扶在天桥栏杆上的普雷亚说道。

"你没来过这里吗?"旁边的铃花问道。

"嗯。虽然我知道这里有座过街天桥。"

一个牵着狗的男人从身后经过,消失在公园中。

一对男女正朝购物中心的方向走去，天桥上只剩下谦介他们三个人。

"研究所的工作辞掉了？"铃花突然问道。

"也不叫辞掉，是合同到期了。"普雷亚淡淡地答道，"我是一个有固定任期的研究员。每年签一次合同，本来说是可以在这里做上两三年的样子，但是因为预算削减，所以合同就不再更新了。也是比较常见的情况。"

虽然不见得都听得懂，但铃花还是认真地倾听着，一言不发。

"接到通知是在去年的十一月份，就是在荣食堂跟你聊过天之后，第二天发生的事情。那天，我跟上司讨论了今后的去向，立刻就动身去了岐阜县。"

"去干什么？"铃花问。

"在神冈有一个叫超级神冈探测器的设施，正在跟筑波研究所做联合实验，我去协助工作。是关于一种名为中微子的基本粒子的实验。"

"中微子……"

"一边协助实验工作一边学习，听说如果顺利的话，从今年四月份开始有可能获得神冈的工作职位，带固定任期。但是……"普雷亚耸了耸肩，"也因为人工费不足，最后没谈成。这种事情也是常有的。"

"那，现在……"谦介小心翼翼地开了口。

"无业。"普雷亚坦然说道，"今天我回来，是退掉这里的租住公寓，搬运行李。说是搬运，其实我的行李全部加在一起，车子的后备箱就装得下。"

谦介想象着她清冷单调的房间。只有一张薄薄的床垫和一床被子，只是用来睡觉的房间。没有电视，也没有桌子，物理学的书籍和论文一摞一摞地堆在地板上。衣服和生活用品用一个大旅行箱就能全部装下。

他不知道自己猜得对不对。但是她尽可能地减少日用品，辗转于各大学和研究机构工作生活，却是事实。漂泊者。浮萍。她曾经说过的话，如今谦介终于明白了其中的含义。

"不能再做研究了？"铃花有些不甘心地噘起了嘴，"那么喜欢，那么努力去做的事情。"

"做啊，当然还会做。"

"有什么目标吗？今后。"谦介问。

"东京的亲戚答应出借一个房间给我用，所以我在考虑先去借住，然后一边打工一边再寻找研究方面的工作。"

普雷亚低头看了看神情忧虑的铃花，大概是在想该怎么说，眨了几下眼睛。

"没关系。暂时不能做研究工作，也不是第一次了。

这次也一样，一定会有办法的。因为，你瞧——"普雷亚从胸前的口袋中拿出那个放大镜，"我有这个。"

铃花轻轻地点了点头，又问道："不再回这里了吗？"

"我想回来。但是不知道需要几年。"普雷亚抬起头，将视线转回夜晚的城市，"暂时，要跟这颗筑波星告别啦。"

谦介看着她的侧面剪影，心中暗想：这个人，果然是个外星人。心怀遥远的宇宙，不畏辛苦地进行着流浪之旅的外星人。也许，她比自己和铃花还要孤独。

不知何处传来救护车的声音。等声音远去，普雷亚又开了口："分别之前，我要告诉你一件事。一件我一直都想跟你说的好事情。"

普雷亚竖起食指。铃花抬头看着她："是什么？"

"记不记得，以前你说我是外星人？"

"嗯，记得。"

"其实，我还有个秘密。"普雷亚的表情变得认真起来，"我呀，出生在一百三十八亿年前。"

"一百三十八亿年？！"铃花大声叫着，"你骗人！"跟着却笑了。

"没骗你。你知道一百三十八亿年前发生过什么吗？"

"不知道。"

"诞生了这个宇宙哦。"普雷亚仰望着夜空。

"宇宙……"铃花也学她仰起头。

"宇宙刚刚诞生后的三分钟里，基本粒子就聚集在一起，变成质子和中子，形成了氦和氢的原子核。你知道氢吗？"

"听说过。"

"是最小最轻的元素。人体之中，如果说到原子的数量，其中大概百分之六十都是由氢构成的。这种氢元素是和宇宙一起诞生的。"

"一百三十八亿年前？"

"对。"

"好厉害……"

"人体里有很多水分对吧？水是氧原子和氢原子结合在一起的物质。氢元素构成海，变成云，成为雨，创造出生物的身体，遍布整个地球。你和我也是由一百三十八亿年前诞生的氢元素构成的。所以啊，我们都是宇宙人。"

"好厉害……"铃花又一次喃喃道，摸着自己的胳膊。

"我们体内原子的大部分都会进行更换，长则数年。如果死去，就会还给土壤和空气。现在存在于我们体内的氢元素，也许就是以前别人使用过的氢元素。我用过的氢元素，在将来，一定也会有其他的生物接着利用。我死了之后，也会反反复复，周而复始，永远持续下去。"

"永远……"

"所以，那些生物都像是我的孩子一样。不管是眼虫藻还是大海象。"

铃花挺直身体，朝着栏杆外伸出手去，仿佛要捉住空气一般确认着。

"氢，这里也有吗？"

"有啊。作为水蒸气，存在于我们周围。"

听到答案之后，铃花放心地点了点头，露出还是在她很小很小的时候，谦介和望美经常见到的那种神情。铃花张开双臂，轻轻地触摸着空气，动作中充满爱意。

看到铃花的样子，谦介的眼中突然盈满了泪水。他悄悄转过身去，控制住自己，不让眼泪流出来。

铃花拥有的，从来都不是无谓的奢望。

在铃花的心里，望美还活着。铃花只是想一直感受到那种存在。被神秘的世界吸引，一直沉迷在其中，甚至为此失眠，是因为那是她在探求，探求感受母亲的方式。

谦介错了。是自己，一味地为了望美的死所造成的缺失而悲叹。如果望美在的话……一直将自己囚禁在这种虚幻的奢望中。

是的。在无谓地奢望着的，正是自己……

"木星……"普雷亚轻声道，仰望着南方的夜空。

"今晚，可以清楚地看见木星。"

"在哪里？"铃花问道。

普雷亚弯下身体，将脸靠近铃花，用手指给她看："那里，是不是有一颗唯一的，特别亮的星星？"

"啊！看见了！"铃花跳了起来。

"哪里啊？在哪里？"谦介又一次没跟上节奏。

"木星也有好几颗卫星，就像地球有月球……"普雷亚继续说道，"其中之一的木卫二，名叫欧罗巴星。欧罗巴的表面覆盖着厚厚的冰层，但在冰层下面却有深深的海洋。有人认为，在那里的海洋中或许会有生命。"

"欧罗巴星人？！"铃花睁圆了眼睛。

"很遗憾。"普雷亚摇了摇头，"就算是有生命，大概也只是像微生物那样的东西。"

"那也很厉害。"

"不只是欧罗巴哦，土卫六的泰坦星上，还可能有甲烷海洋。土卫二的恩塞勒达斯星球上，也有跟欧罗巴星一样的海洋。所以那两颗星球上也有生命存在的可能，或许是人类无法想象的奇妙的生物。"

"好想看一看啊。"

"欧罗巴星、泰坦星、恩塞勒达斯星上的生命体，体内也应该含有很多很多氢原子。那些氢元素跟我们体内的一样，全都诞生于一百三十八亿年前。所以，就像是我们的兄弟姐妹。"

"一丁丁点大，奇奇怪怪的兄弟姐妹？"

"还有……"普雷亚的表情更加认真了，"实际上，因为地球上的氢元素一点一点地流向宇宙空间，所以我们用过的氢原子，有一天欧罗巴星和泰坦星上的生命体也会使用。这样一来，那些生命体就是我们的孩子。"

"哎——还会这样？"铃花开心极了。

突然，普雷亚从栏杆探出身去，用双手圈成个喇叭，朝着木星的方向，用尽全力喊道："喂——欧罗巴——"

在下面路边正在吸烟的出租车司机不知发生了什么事，抬头张望着。

铃花毫不介意旁人的目光，也学着普雷亚的样子："喂——泰坦——"

两个人满怀期待地看着谦介。没办法，谦介也朝着夜空深深地吸了一口气："喂——嗯……"叫到这里他停住了，"喂，你们也太坏了，把最难的留给我。"

突然迸发出一阵爆笑，三个外星人的影子跟着晃动起来。

刻 山

夏至的太阳开始西斜，我抱膝而坐，任火辣辣的阳光烧灼着我的后颈。

时间已经过了两点半。丈夫再迟钝，也应该注意到放在餐桌上的纸条了。

他会生气吗？不，也许他还没能理解到底发生了什么事，只是惶惶然不知该如何是好。

我关掉手机电源，将它塞进了登山包最上层的口袋中。电话留言的录音里，一定存了好几条丈夫气急败坏的声音。

如果打不通我的电话，一定会打给麻衣吧。不过，向麻衣求助，结果不外乎是被噎回来："那种事，我怎么会知道。"

至于晴彦——在不在家都不好说。昨晚好像压根儿就没回来。大概又在我没见过甚至连名字都不知道的"朋友"家中过夜了吧。

而最重要的人物——婆婆呢。

唉，这可不行。本来就计划在下山之前，好好地欣赏一下这里的风景，却不知不觉地又开始想起家里的那些烦心事。

眼前的弥陀池水域辽阔，四周浓酽酽的绿色倒映在水面。池畔坐着几组歇脚的登山客，谈笑风生。全都是打扮得大同小异的中老年组合。作为同龄人的我如果加入进去，也一定不会让人觉得有什么异样。

我站起身，从背着的相机包中取出器材。一部型号古老的单反。大概三十多年前买的。我将镜头朝向池水的对面，适当地构图取景，按了几下快门。声音还是那么悦耳。

举着相机将身体向左转去，望着池塘西侧空旷的山坡。听说这一带也是白根葵的群生地带，但是那淡紫色的可爱小花，我还一朵都没看到。

据说白根葵之名来自这座日光白根山。在决定攀登这座山时，我查询了相关的信息，才第一次知道这个名字。

我又转向池塘的方向，正要看向取景器，突然从身后传来一个气喘吁吁的男子的声音，"老师——"

"暂停暂停，容我把背包卸下来，歇会儿，就一会儿。"

我回头，看见两个男人站在那里，发出求饶声的大概是那个二十多岁的年轻人。另一位是个皮肤晒得黝黑的四十多岁的男子。

"真没用！"被称为老师的男子出言讥讽，"只给你五分钟的时间啊。"

身负行囊的年轻人一屁股砸坐在地上，从肩带中将两臂抽了出来。背包里的东西看上去很沉。两个人的背包又大又长，像是真正的露营用登山包。是不是在进行纵走运动？

我不由得观察起面前的两个人来。老师个子不高，体格却很健壮。他的装备看上去用了很久，想来已经非常习惯于登山活动。而年轻人虽然个子很高，却稍显文弱。单凭他脚上那双崭新的登山鞋就可以猜到，他大概是登山的新手。

"这么搞，肩膀真的会被压烂的。"年轻人龇牙咧嘴地活动着肩膀。

"哪有那么夸张。我做学生的时候，背的行李要比这个重上一倍。就这样还经常被学长们嘲笑，说今年的新人真没用，根本指不上。"

看起来，年轻人还是个学生。老师的话虽然毫不客气，但是学生一点都没有因此而萎靡。

"老师和我，从身体的构成来看就不一样。"学生哥儿说道。

"确实，像你这种细高条儿的城里孩子，根本就不适合做挑夫。"

挑夫？我以为自己听错了。所谓挑夫，是指以在山区替人搬运行李为生计的人。过去我曾经在某地的山里遇到过。他们将运往山屋客栈的物资用专用背具驮在身上，一路攀登，看着他们步履轻盈的身姿，我也曾在一旁感佩不已。可是，这两个人……？

"一个优秀挑夫的体格，"老师继续说道，"肩膀要宽厚，脖子要粗壮，腰背要结实有力，腿要短。那个小宫山正，腿就显得稍微长了些。"

小宫山正……这名字好像在哪听到过……新田次郎的短篇小说。

"如果要求腿得够短，老师倒是不遑多让！"学生哥儿半开玩笑地回应道，"不适合就是不适合。就算吃不上饭我也不做挑夫。虽然我不知道那具体是个啥工作。"

"不知道？"老师的两道宽眉揪向一处，"你这个家伙，没读那本书？"

"啊……《挑夫传》①是吧？没……"

---

① 新田次郎的作品，也译作《强力传》，1955年发行，同年获得第34届直木奖。下文的《孤高之人》也是新田次郎的山岳小说。

"我记得我说过，论文倒无所谓，但是那部小说一定要找来读一读。"

"不是啦，我去书店找过了，没有卖的嘛。"

对了，我想起来了。富士山的传奇挑夫小宫山正。单枪匹马将足有五十贯（约一百八十七公斤）重的花岗岩风景指示盘背上了白马山的山顶，一时传为佳话，从此声名远播。《挑夫传》就是以他为原型的一部小说，是发表过多部山岳小说名作的新田次郎的处女作。

面对老师怀疑的目光，学生哥儿继续辩解道："真的！《孤高之人》那种书在文库类里面倒是有。然后还有那本，叫什么来着？让我联想起柚子①的歌来着……"

"柚子的歌？什么乱七八糟的！"

我忍不住笑出声来。确实会让人想到一部作品。两个人同时回头看我。我也无法再装作没听到什么，便脱口而出："你说的是不是——《荣光的岩壁》？"

"对！就是它！"学生哥儿伸出食指指向这边，"柚子的那首歌叫《荣光之桥》！"

"岩壁和桥，差别也太大了吧！"老师一巴掌打掉学生伸出来的手，目光转向了我："您很喜欢新田次郎吗？"

---

① 柚子乐队，日本著名乐队，由成员北川悠仁与岩泽厚治组成。《荣光之桥》于2004年发布，被选为日本奥林匹克运动会主题曲之一。

"嗯。读得热血沸腾，虽说已经是很久以前的事了。"

老师看了看我的单反，发出了喔呜的赞许声，"这部相机也非常有质感啊。是佳能的 New F-1。"

"这个，也是很久以前的了。"我抚摸着相机方方正正的机身，笑道："现在拿着，觉得还是太沉了。"

"但是很耐用啊！我以前也用过父亲的老古董相机。在山里，这种相机特别靠得住。可以让我看一下吗？"

我将相机递到了老师伸过来的手里。

"这手感，真令人怀念哪。"老师眼角的鱼尾纹密集起来，"而且，保管得非常精心。看起来状态很棒。"

"虽然不大用，但偶尔会拿出来保养一下。"

我接回相机。这下轮到我发问了：“你们的行李看起来很重啊，是要住在山里吗？"

"不，当天返回，现在就是在下山。重是因为里面装着石头。"

"石头？"

"用于火山研究的岩石样品。"老师打开登山包，拿出一块装在一个厚塑料袋中的拳头大的石块给我看。那是一块表面粗糙的黑色石块。

"哇，里面装的是这种……"我惊讶地叫出声来。在背包里装上几块这样的石头的话，担心肩膀和腰背会出问题也不奇怪了。

"我在大学教书。"老师说道。

"啊，是大学老师啊。那，这位就是研究室的……"

"研究生。算是吧。"不知为何，学生哥儿的语气里带着些气哼哼的感觉。

"研究火山，了不起啊！"我由衷地说道，"这么说来，这座山也是火山呢。"

"是一座不甘寂寞的现役活火山哦！五千年以来至少喷发了七次。最后一次是在明治时代。不过，你家人不担心你在这里吗？"

"担心？……您是说，这座山现在也很危险吗？"从没看到过这方面的相关信息。

"哦，不是。今年冬天，草津白根山的爆发不是造成了一些人员伤亡嘛！这里也叫白根山，所以很多人容易混淆。"

"哦，难怪。"

这么一说我才留意到，登山客确实比想象的少很多。也许真的跟草津白根山的喷发事件有关。

到这里来，我没跟家里任何人说。恐怕就算是说了，也不会有人担心我的。留在餐桌上的字条，只写着"我去登山。回来会晚。今晚的事情拜托了"。只要让他们知道不是离家出走或者出了什么意外事故，就可以了。

"不过，相同程度的爆发……"老师回过头，仰望着山顶的岩峰说道，"这座山哪天发生了的话，也不足为奇。"

"你们是为了预测火山爆发，所以才进行岩石的调查吗？"

"不是，过去的喷发物，无论调查多少都不能预测火山爆发。如果想掌握爆发前兆，靠的是地震仪或倾斜仪那种常规观测。但是最近的草津白根山，2014年的御岳山，都是非常小规模的蒸汽喷发。对于火山来说，就像是不小心打了个嗝。"

"打嗝？"就造成了那么大的损害……

"那种喷发只是由于岩浆灼热的地下水发生了汽化造成的，并非像喷发岩浆那样正宗的喷火。如果只是水蒸气喷发，那么即使使用机械观测，也很难发现喷发前的征兆。"

"对于山岳爱好者来说，真是很危险。"我正色道。看着老师握在手中的石头，我又问道："可是，为什么还要采集……"

说到一半，我停住了。因为意识到即将说出的是一种否定性的语句。但老师像是对这种问题早有准备，深深颔首道："所谓火山，当然是由火口喷发出来的喷出物长年堆积而形成的，包括那些熔岩、浮石、火山灰等。这座日光白根山也是由各个不同时期喷发出来的至少十三种厚厚的熔岩组成的山体。比如这个……"老师将手中的石块伸过来说，"这是其中最新的山顶熔岩，大概在数千年前就出现在地表了。山顶附近的地面基本上都是这种样子吧？"

"哦……好像是吧。"我语气含糊地敷衍着。说实话，我注意到的只是高山植物，对于脚下的岩石根本都没仔细看。

"再稍早之前流出来的就是那种。"老师指了指池塘西侧的斜坡，"坐禅山熔岩。池塘对面覆盖着的是弥陀池熔岩。所以呢，这个池塘是被这两种熔岩拦截在这里形成的。喂！"

老师目光严厉地看着学生："不要在那发呆，好好听着。也是在对你讲解呢！"

"听着呢！"学生哥儿不情不愿，吃力地抬起上身。

"不过，我还是第一次知道熔岩还有名字。"我不由感慨，"研究考察做得非常详细啊。"

"只考察熔岩是不行的。还要研究其中夹杂着什么样的火山灰层、浮石、火山碎屑流堆积物。我们这些火山研究者要尽可能细致地剜岩刻山。"

"剜岩，刻山……"非常有趣的一种表达。

"没错。"老师点了点头，"细致地调查形成火山的地层，就会明白每一次喷发的时间推移情况和规模。是仅止于蒸汽喷发，还是大量地飞出火山弹，或者已达到大规模熔岩流出的程度。另外，还有不同规模的喷发频率。也就是说，关键要掌握一座火山的特点和体质，进而推测出喷发时的情景。这样一来呢，一旦火山开始有活动，就可以采取相应的应对措施。"

"原来如此……"

我觉得自己有点懂得他们收集岩石的理由了。就是说，从过去的事例当中学习，以应对将来会发生的状况。

"五分钟过去了！"老师对学生说道，"既然走到这里了，就去看看坐禅山熔岩吧。"

老师和学生伸手到各自的登山包里，拿出了锤子。他们将行囊留在原地，向池塘西侧的斜坡走去。

我拿着相机，跟在他们后面。因为真的想亲眼看一看"刻山"的情景。我想，如果稍微拉开一点距离的话，应该不会妨碍到他们工作。

两个人紧贴着陡峭的斜坡，观察着裸露的岩石肌理，不时地用锤子的另一头刮去附着在上面的泥土和野草，横向移动着。很快，老师动作敏捷地爬上斜坡。上到三米左右，抓到一块突出来的岩石，身姿虽然很难稳定，却十分灵活地挥起了锤子。

只凿了几下，他就取下一块大小合适的石头。看上去简直就像一个技术熟练的石匠。老师"喂"了一声就把石块丢了下来，下面的学生手忙脚乱地接住。

"镁铁质包有岩？"学生哥儿看着那块黑色的石头问道。

"嗯。比较典型，很适合用作教材。咱们取个五六块，带回去。"

"您这玩笑开得，让人笑不起来啊。我的背包已经超重了。"

"真没用！所以，不是让你好好读一读《挑夫传》吗？不过就是五六块石头，大惊小怪。你小子，就等着被小宫山正嘲笑吧。"

"'不过就是五六块石头'，那就放在老师的背包里吧，您请——"

"你放心，我不会指望废物的。"

"您要再往下说，我可要告您学术霸凌了哦！"

"你小子，在研究室挖苦我的时候也没见你有多客气！什么IT盲啦原始人啦……"

眼前的情景与我想象中的师徒关系全然不同。看他们俩你来我往的斗嘴，不仅不会担心，反而感觉像是在听相声。

老师手法熟练地敲凿着岩石，我在下面用相机拍下了他的英姿。面对巨大的山岩，不懂他是如何选定位置的，只见他目光敏锐地找准目标，截取下小小的断片。

原来如此。刻山，原来是这样进行的。我一直望向斜坡的顶上。高度大概有几十米的样子。如果这面高耸的岩壁都是熔岩的话，他剜下来的一小块该有多么微不足道啊。就这样，要在整个火山的山体上进行这项作业。那真的是剜之不尽，刻之不竭。火山学者，好像是一群要在无穷无尽的任务上永无休止地做下去的人。

大约用了十五分钟，已经采集到几个样品，老师下到地面。我问他："刚才给您拍了几张照片，不知是否合适？"

"没问题啊，但是，居然让我这样的大叔代替了鲜花。"老师笑道，"您是来找白根葵的吧？"

"嗯，是。"

"以前这个斜坡周围有很多白根葵，一开一大片，但全都被野鹿啃光了。您是从哪条路线过来的？"

"坐缆车到丸沼高原的草甸，再从七色平爬到山顶。下山从五色沼那边绕过来……"

"从五色沼到这里，路上可以看到白根葵吧？"

"是啊，特别漂亮。"

"然后还有——"

老师说着，将可以见到高山植物的附近几个景点告诉了我。

"您对这里太熟悉了。"我感叹,"经常来吗?"

"不下雪的季节,每年大概来五六次吧。大学就在本地,所以,这座山就由我来担着。"

"担着?"

"应该算是负责或者担当吧?业界里有一个不成文的规矩——'这座火山是某某研究者的'之类。"

"像是势力范围那种感觉?"

"不不,火山研究者人数不多,还没到需要划分势力范围的程度。而且,值得研究的火山有很多,人手根本不够。所以……"

老师伸出下巴朝学生的方向努了努:"像他这样的年轻人是非常宝贵的财富,必须非常重视才行。"

"哈?"学生哥睁大了眼睛道,"我还觉得自己误入了一个黑心研究室呢!"

*

本打算拍岩镜花,但眼睛注意到的不是粉红色的花瓣,而总是地面上的岩石。就是刚才听了那些话的缘故。

老师和学生各自背上自己沉甸甸的登山包,沿着先前的那条路下山去了。下去之后，他们还要驾车回学校，将岩石样品送过去。

刻山。我漫不经心地按着快门，反复咀嚼着这个令人印象深刻的词语。

剜岩，刻山……

我自己也像是座山。

所有家人都在对我零剜碎刻。剜凿我的心，刮刻我的爱。

那个位于埼玉县北本市的家，是公公建造的独栋房子，最多的时候，里面曾经生活过六口人和三只动物。公公、婆婆、丈夫和我，还有女儿、儿子、一条狗和两只鹦鹉。也算是个大家庭了。

热闹一词，只是听上去好听。实际上，每个人都只顾自己，任性妄为，索求无度，而我只有一味地去接受和配合。

没有一个人对我心怀感激。也没有一个人会关注我的感受，关心我的身体。不知从何时起，我对家人来说，变成了一个可以任意剜刻的对象。就像一座无论被如何剜凿刮刻，形状都不会发生改变的山体。

全职主妇这种角色，家家如此——在我心中，这样轻声自语的自己至今依然存在。但是，我已经迈出了第一步。接下来无论摔得有多惨，我都不想再回到从前了。

今天是婆婆的生日。按照惯例，要一家团圆吃顿晚饭，开一个小型派对。婆婆非常喜欢在这样的场合做主角，所以，她每年都非常期盼这一天。女儿麻衣和儿子晴彦再怎么不情愿也必会出席。这对关系说不上有多亲密的姐弟，每次能够连礼物都准备好，靠的是我提前一个月的再三提醒。

今天，我决定撒手不管这个阖家团圆的聚会。嫁过来三十年，这当然是头一回。

说是撒手不管，其实我是在准备工作都已经做好以后才出来的。看到摆在餐桌上的前菜，丈夫也应该能明白。婆婆喜欢吃的东西我也做好了，冰箱里还放着一个生日蛋糕。花束和礼物也都摆在了显眼的位置。

把菜热好再装盘，这种事即使我不在他们也应该会做。因为，大家都是地地道道的成年人了。

今年三月正式退休的丈夫，如今被返聘回原公司，每周上三天班。幸好今天是星期四，他休息。我今早五点钟出门的时候，他当然还在打着呼噜，但准备聚会的时间应该足够了。

我们一家，就像一只即将裂开的木桶。如果不是我拼命按住桶箍，早就四分五裂，里面的水也已经流空了。大家都明白这一点，却没人愿意伸手帮忙，每天都理直气壮地取用木桶中的水。他们从来没有想过，有那么一天，我会松开按住桶箍的手。

所以，对于我今天这个小小的叛乱，家人一定会觉得困惑，而且还会毫无道理地感到愤怒吧。

不过，这件事还会有后续的。到时候，他们一定会目瞪口呆，惊讶得说不出话来。

当然，我自己也正在犹豫，做出这样的决断，真的合适吗？

我对那个人说，今天或者明天会给他回复。今天我独自来爬山，也是想再一次厘清自己的想法，明确自己的决心……

心神恍惚地，我又迈开了步伐。

下坡的路比较徐缓。弥陀池被甩在身后，已经看不到了。及膝高的蟹甲草茂密地生长在登山道两侧，就像铺了一层碧绿的地毯。

我一边走一边收好相机，用脖子上的毛巾擦拭着发际和额头上的汗水。

于是——我想起昨天晚上用抹布擦餐桌的时候，突然意识到的事情。

那张我嫁过来时买的六人位的餐桌。每天，我都会在那里为家人端出饭菜。就是在那里，我把孩子们一个个喂养大。

而我自己，也经常一个人坐在餐桌旁，写写画画，沉思默想。那里就是我的容身之所，也是我的舞台。

我注意到，餐桌的桌面上已经有无数细小的伤痕。三十年积累下的伤痕。家人持续不断地剜刻在我身上的伤痕。

平日的午后，当我孤零零地坐在餐桌的角落，丈夫知道我在想些什么，烦恼些什么吗？他充其量能想象到的……不，不会有。

丈夫长年对家人的漠不关心，让我也失去了对他的关注。所以，丈夫退休之后的人生要如何过下去，说实话，我也不清楚。不仅如此，甚至对于丈夫究竟是一个怎样的人，我也开始搞不懂了。

他在东京都内一家经营住宅设备的公司长年担任营销工作，最后做到了营业部副部长。在外面常将"我是个事业型的人"挂在嘴上，当作免罪符。而在家里，也不止一次地强调说，"我每天都要花上三个半小时通勤"。

他从来没有离开父母独自生活过，所以家中的事情一概不会做。虽然也会一时兴起地推开孩子们的房门，大吼一声"好好学习！"但是孩子们的作业他一次都不曾过目。最近，甚至连女儿当年毕业的高中，他也叫不出名字了。

酒量一般。烟在大约十年前就戒掉了,也不赌博。钱专门花在他的兴趣——遥控飞机上。跟家人在一起的时候,总是会带着一种宝贵的时间被夺走了的心理。就是这样一个人。

婆婆是群马县人,是个家有地产的大小姐,家务完全不在行。所以在我嫁进来的那天,她就欢天喜地地将主妇的位子让了出来。但是,每当公公夸奖我烧的菜好吃,她都表现得不太痛快。我的每一次完美家务似乎都会招致她的怨言,婆媳关系不无嫌隙。

婆婆体质较弱,腿脚也不大好。这些虽然都不是骗人的,但是跟我丈夫的妹妹出去旅行时,她却精神抖擞,百病尽消,大号的行李箱都能自己拉来拖去。

十年前,公公突发脑梗病卧在床,需要看护的时候,婆婆也以自己身体不好为借口,将介护工作一股脑地全部推给了我。对曾在县内高中当校长的公公,我怀有足够的敬重,所以,也竭尽全力地去照顾他。

一直到公公去世,六年的时间里,又赶上孩子们升高中,考大学,我的身心完全得不到休息。而全家的糟心事都由我一个人承担的时候,丈夫也仍然一副若无其事的样子。总是以牺牲者自居的他,当然会有这样的表现。他大概觉得,自己能够跟父母住在一起,就已经尽足了义务。

所幸的是，丈夫对家里的开支也没兴趣。前些天，我给自己重新开了个户头，将定期存款取出来一部分，转到了新账户里，丈夫应该很久都不会发觉这件事。那是我单身时代攒下的积蓄，还有去世的父母留给我的钱。加起来有五百万多一点，所有权归我。今后需要多少钱我还没有想过……

忽然回过神来。

急忙打开地图，"糟了……"我低声悔叹。

回去的路线走错了。目前正走在通往菅沼登山口的路上。不知不觉地就走上了刚才那对师生的下山线路。本来应该在弥陀池的岔路口向七色平方向进发，沿着来时的路线回到缆车的山顶车站。

今天早上是坐电车再换乘巴士到的缆车车站。原计划按照同样的路线回去。

菅沼登山口只有咖啡馆和停车场，没有公交系统。只有在登山旺季才会有临时巴士运行，但是班次极少，如果按照现在的时间，大概最末班也赶不上了。

还是得回到弥陀池那里——我转过身去，又停下了。

不能因为这种小变故就退却。今后，身边一定还会发生很多意想不到的情况。如果不去体会这些意想不到，不懂得乐在其中，就很难坚持下去。

或许是主妇生涯太长的缘故，养成了一出门就急着回去的毛病。首先必须改正这一点。

就这样先一直走到菅沼登山口再说。接下来随机应变好了。步行去找巴士站也行，如果鼓足勇气，也许还能在路边搭上个便车。最不济就露宿野外，反正又不会死。

这么一想，感觉背后的背包也似乎变轻了。我含了一口水在嘴里，又开始前进。

用了三十分钟走下山，白冷杉和铁杉树的林木已经开始遮住了阳光。我放慢脚步，深深呼吸。我以前就很喜欢这些树木特有的甘香气味。凉爽的空气拂过汗津津的肌肤，感觉十分舒爽。

又走了一会儿，视野一下子开阔起来。我来到了一处小小的山脊。隔着山谷，只见对面横贯山坡的登山道上有两个小小的人影。是那个老师和学生。好像正在沿路考察裸露出来的地层。只见学生正挥舞着锤子。敲击岩石的声音在山谷间回荡。

如果是研究生的话，那应该跟晴彦的年龄差不多。虽然他嘴里抱怨说黑心研究室什么的，但我还是觉得他是个很不错的孩子。直面岩石和火山，汗流浃背地亲身实践。也许跟凡俗社会多少有些距离，但是他们做学问的领域让人感觉纯粹而圣洁。至少在一无所知的我看来是这样。

晴彦最早就职的那间公司究竟是不是黑心企业，我不得而知。那孩子的缺点是忍耐力不足。但是，既然他本人那么说，我也只能去信任他。

晴彦挺可怜的。与付出相比，他得到的回报太少了。考高中的时候成绩就不太理想，考大学又遭遇失败。我鼓励他复读，但是他本人已经丧失了斗志。最后，屈身于一所亲戚们闻其名便露出微妙神情的新办的私立大学。

也许从一开始就没报什么期望，所以他找工作也不积极。收到一家公司的内定通知之后，他就干脆地决定入职了。他跟我说，那是一家IT方面的企业，而实际上，只是一家销售无线网络电缆的初创公司。

工作之后，晴彦在都内租了一个单间公寓，开始通勤，跟家里几乎没有什么联系。好像没有接受任何培训，就被委派做非常难搞的营销工作。第二年的秋天，突然有一天，他两手抱着行李回了家。在玄关，对着双目圆睁的我，晴彦只说了两句话："我辞职了。黑心企业。"

之后不久，他就在本地一家食品公司干合同工。虽然他也表示有办法转为正式员工，但最后，却什么都没发生。只做了一年，对方就停止了雇用。

自那以后已经半年了。别说去找正式工作，晴彦连打零工都不肯去做。他有时把自己关在房间里将近一周的时间，有时又突然说去东京的朋友那里，一连几天都不回来。自己的储蓄花光了之后，开始伸手跟我要零花钱。最近，因为我不给他钱，他又开始向奶奶伸手。

渐渐地，我开始对他那个所谓"朋友"的真实身份隐隐约约有了些了解。前些日子，晴彦要我借给他五十万。问其用处，他说是要买关于投资的 DVD 教材。据说那位朋友从"前辈"那里买来教材，做期货很是赚了一笔。朋友还说要介绍那位前辈给晴彦认识。

我觉得事情很古怪，就上网查询，果然不出所料。东京有好几个自称是"投资家"的团伙，将高价的投资教材卖给年轻人。已经出了不少问题。当我把这个信息告诉晴彦的时候，他却回道："怎么说呢……如今这个时代，拿着一点点可怜的薪水老老实实地工作，是傻瓜才会做的事情。"

就在那一刻，我突然真正弄明白了一件事。我对孩子的教育从根本上就错了。

前天，我刷洗晴彦的鞋子，这是好几年都没做过的事情了。因为放在玄关的白色运动鞋有一只翻了过来，我去整理的时候，发现它们实在是太脏了。蹲在浴室里，用旧牙刷刷着鞋上的那些污渍时，我的眼泪突然涌了出来。

二十年前。还在上幼儿园的晴彦的外出鞋，我每周都会像这样洗刷。小小的运动鞋，是他喜欢的天蓝色。从哪里搞得这么脏呢——当时，我一边想一边刷，甚至还会自顾自地笑起来。

那时是幸福的。尽管不用去按住桶箍，我们也是天然的一家人。

虽然跟丈夫也会互相抱怨几声，但还是拥有很多回忆，也共同憧憬着未来。到了夏天，丈夫会驾车载着全家一起去海边嬉水游玩。圣诞节的时候，我会烘焙蛋糕，丈夫会把礼物放在孩子们的枕边。麻衣说了什么小大人的话或者晴彦做出什么可爱的举动时，我和丈夫都会相视而笑。

公公和婆婆那时候也很健康，大家都享受着各自的生活乐趣，家中也就没有任何情绪淤积的情况发生。

我知道，跟姐姐麻衣相比，晴彦受到了太多的溺爱。这或许也是他养成不无怯懦的性格，缺乏忍耐力的原因。不过，他曾经也是一个体贴妈妈的温柔善良的孩子。

每逢我的生日和母亲节，他都会用稚嫩的字体给我写信。给他削好他最爱吃的梨子，他也会留下一半拿给我说，"这个给妈妈吃。"要剥满满一碗豆子的时候，他也会坐在一边帮忙。对，就在那张餐桌前。

"啊！可算找到了。"

突然听到说话声，我抬起低垂的头，惊讶地停下了脚步。不知为了何事，刚才那个学生哥正在向这里走来。只身一人，没有看到老师的身影。

"怎么了？"我问。

"您是不是走错路了？"学生哥一边调整着呼吸一边反问我。

"嗯……"

"沿着这条路，就走到菅沼登山口去了！"学生哥快言快语地说道，"您是从丸沼高原坐缆车来的吧？要回到那儿的话，得从弥陀池那里向左走……"

"嗯……本来应该那么走。但我也是刚才才发现，自己走错了路……"

"现在下到菅沼那里，也没有巴士了啊。"

"果然是这样啊。不过，你为什么……"

"我们在前面采石头，突然一回头就看到您了。我告诉了老师，老师让我过来提醒您一下。"

听到这里，我的心中像是被什么撞到，顿觉一阵激荡。被人关心，原来是这么令人幸福的一件事啊。这种感觉失之已久，我的眼眶突然热起来。

不可以。现在要是哭出来，会吓到学生哥的。我尽力忍住泪水，挤出一句话："……对不起，让你们担心……"

"现在就算折返，恐怕也赶不上最后一班缆车了。如果您不介意的话，我们一起下山到菅沼登山口那里吧。老师会开车把您送到附近的车站。"

*

"科学里也有各种领域，但是研究者最容易出现伤亡事件的，应该就是火山学了。"走在身边的老师说道，语气里还带着些自豪。

"是指在考察的过程中遇到喷发事件吗？"

"是啊。一九九一年的云仙普贤岳，有三位外国研究人员被卷入火山碎屑流中而丧生。那三个人都是我老师的朋友。"

"我记得当时在新闻中看到过。"

我一边留意着走在身后的学生哥，一边跟老师聊着。如果没有我的话，师徒二人应该是一边说着研究方面的话题，一边下山吧。

"我也曾经好几次遇到过险情。比如有一次我在某个火山口的旁边采集火山气体，结果第二天那里就喷发了。还有一次，直径一米的火山弹从我的头顶接二连三地嗖嗖飞过去，当时真是拼了命地逃跑啊！"

"太危险了。真的是搏命啊。"

"其实——"身后的学生哥开口了，"火山研究者大部分都觉得只有自己不会死。从某种意义上说啊，就是太幼稚。如果哪里火山喷发了，肾上腺素立马满格，争先恐后地跑到现场去。"

　　"胡说！"老师回过头去反驳道，"看到喷烟就热血沸腾的家伙，能搞火山研究吗？而且所有人，当然也包括我在内，都是带着一种使命感赶过去的啊！"

　　"还有啊……"学生并未理会老师的反驳，继续说道，"一喝点儿酒，大家就都开始大谈当年勇，啰唆个没完。曾经遇到过这样的危险，曾经做过多么离奇的研究，诸如此类的。"

　　大概因为还有一个半小时就可以抵达山下，学生哥的腿脚和口齿都比刚才利索多了。

　　"嗯，也不是不能理解。"老师摸着下巴笑了，"像井上先生，还有田边那样的，他们的话啊，听一半就可以了。"

　　"老师也是那样哦！"学生哥不留情面地说道："每次喝酒的时候都是翻来覆去的老一套，我的耳朵都磨出茧子来了！在非洲，像源义经的八艘飞①那样，从还没完全冷凝的熔岩上越过；去太平洋上的火山岛采集

---

① 传说坛之浦决战中，平教经为了追杀源义经，曾逼得源义经连跳八船而逃，即著名的"八艘飞"。

样品，是那种连个码头都没有的小岛，就让船等在海上，老师背着装满了石头的背包一直游回船边。全都是恐怖系列的英雄史哦！"

"哪里恐怖了！酒桌上嘛！为了增加娱乐性，多少进行了一些加工。"

"最后呢，还要说现在的学生太娇气，不中用，指不上什么的。如今早就不是那种大男人逞强的时代了。如果出了什么意外事故，最后要丢掉工作的是您哦！"

我时不时"嗯嗯呀呀"地附和着，有些放下心来。如果他们经常这样唇枪舌剑的话，我混在中间似乎也不见得会添多大麻烦。我笑眯眯地问学生哥："刚才你还说是黑心研究室，那么，你为什么要加入火山研究室呢？"

"上当受骗了嘛。我的研究课题本来是数据模型验证，研究岩浆多相流是如何沿着火山筒上升的。也就是说，是坐在办公室使用计算机进行研究。原来说好了，这样工作就可以，我才进了这个研究室。"

"实际上不是这样？"

"上大四的时候倒确实是这样。然后呢，被保送研究生，这个人的态度一下子就变了哦！开始说些'为了提高模型验证的精确度，得了解火山的肌理'之类莫名其妙的话，逼着我跟他上山。很明显，就是想让我帮他运石头嘛！诈骗啊，简直就是诈骗。"

"不要在外人面前瞎说！我是为了把你培养成一个优秀的研究者……"

"花言巧语地邀请，高压重负地指导，把学生当苦力。"学生掰着指头说道，"黑心研究室的条件完全具备了。"

两个人的斗嘴告一段落之后，我问老师："可是，就算是工作，像这样经常出没在危险的火山上，家人一定也会很担心吧？"

"幸运的是，我是个轻松的单身汉。"老师很爽快地说道。

"幸运？"学生哥又开始捣乱了，"'像我这样的好男人——为什么娶不到老婆——'每次喝大了，您不都在那儿唠唠叨叨地抱怨吗？"

"多嘴！你不也没有女朋友吗？"

"在抱怨没有好姻缘之前啊，还是得把那种变态一样的山痴形象改一改才成哦，不然的话，一辈子就只能和大山谈恋爱了。"

"在山上，也有机会遇到什么人吧？"我说道。脑子里瞬间闪过了那个人的面容。

"虽然有机会，但最终都是意志坚定地一直朝上攀登。"老师故意说得很潇洒，语气却有些滑稽。

"可是，如果说是山痴，那您攀登的不只限于火山吧？"我向老师求证道。

"是。"学生哥抢先点头承认道，"火山研究只是为上山找的一个借口。只要拿上山做挡箭牌，教授会议、委员会就都可以任意缺席，也不用费心跟其他老师搞人际关系。所以啊，永远也升不了副教授。万年讲师。"

"傻瓜！学界政治和学术研究，到底哪个重要？"

老师睃了学生一眼，转过来看着我说道："确实，在我的世界里，只有山。家父就是搞山岳研究的，从我记事前开始就带我上山。高中的时候，我开始爬雪山，在大学登山部的时候，还曾经攀登过喜马拉雅，远征南美。打工的工种也几乎都跟山岳有关。山屋客栈，驮运行李，登山俱乐部之类。我感觉，人生中那些重要的事，我都是在山里学到的。"

啊……我充满敬意地感慨着，身后却传来学生哥的自言自语："好烦啊，这种话。就像有些大叔说酒桌就是人生的课堂啊之类的。"

老师没有介意，继续说了下去："从十几岁开始，我就琢磨着，以后是不是可以靠着山谋生，但是也没有什么具体的计划。因为喜欢读书，所以也考虑过当一个山岳杂志的编辑，带着这个天真单纯的想法，大学的时候，我选择了文学系。"

"啊？文学系？"

"是啊。可是呢，上到大二的时候，在一次通识课上，我第一次得知，还有火山学这门专业学科。当时我的第一反应就是，找到了！如果成为一名火山研究者，就可以随心所欲地登山攀岳，而且还是为了工作。一下课我就跑到教务科咨询：'我想转到理科系，请问应该怎样做？'"

"真没想到。我一直以为，学者这样的人都是从小时候开始就有了目标。"

"没有。我是从那时候才开始进入专业学习的。想成为火山学者，必须成为火山学者。"

虽然老师说得比较简单，但是作为一名火山学者能够在大学里谋得一份教职，需要付出的努力一定非比寻常，牺牲掉的东西一定也有很多。

"不过……"老师将本是坚定真诚的目光投向了远方，"做起来才知道自己所从事的工作的重要性。因为，山岳是我的全部，但是人们却会因为山而死亡或受伤，这让我无法忍受。"

"是啊……"

我看着老师的侧影，声音沙哑地回道。这是一位真正实现了自己的理想的人，成为一个自己想成为、并值得成为的人。

想成为的人……

别说想成为，对于麻衣来说，我恰恰变成了一个她最不想成为的人。

我绝对不想成为妈妈那样的人——女儿当面这样对我说，不止一次两次。

对麻衣，我管教得比较严格。因为是第一个孩子，也就特别用力，特别上心。因为她非常听话和配合，所以在养育她的过程中，我也从来没能回过头来检讨过自己的方式。

当时，我以为她是一个感情起伏很小的孩子，但是，我可能错了。让她在表面上给人留下这种印象的，正是我自己。看到比自己小三岁的弟弟被娇生惯养，麻衣的内心一定有过非常激烈的起伏。

几年前，我在整理过去的照片时突然注意到一件事。在家人的合影中，麻衣可以说几乎没有过笑容。而且，她在照片中的位置随着年龄的增长而逐渐地远离我们。

三岁时的麻衣，紧紧地靠着我的腿，我的怀里抱着婴儿时的晴彦；五岁时的麻衣，与我隔开了一人宽的距离——我跪坐着，将晴彦抱在膝头，麻衣跪坐在旁边，表情严肃；八岁时的麻衣，站到了父亲的另一侧；十一岁时的麻衣，半隐半现地站在祖母的斜后方；而到了十四岁，麻衣已经独自一人位于照片的角落，神情冷漠地看着镜头。

麻衣很聪明，无论做什么都比别人做得好，而晴彦却需要人操心。在我为了晴彦焦头烂额的时候，她已经自作主张，从县立高中升入东京著名的女子大学。大学走读，从家到学校比到丈夫的公司还要远，她却默默地坚持着，没有一句怨言，同时还能有精力出去打工。

麻衣第一次让我们感到震惊，是在临近大学毕业前的那个新年。在餐桌上，在家人毫无准备的情况下，她突然宣告，自己不会去已经内定的保险公司上班，而是准备去法国留学。手上有打工四年攒下来的钱，她会自己负担留学一年所需的生活费和语言学校的学费。

丈夫坚决反对。我也没有表示赞同。连海外旅行都没去过的女儿，一下子要出去留学，我的第一反应就是担心。但我觉得，自己默默计划，一点一点攒钱这种做法，倒也符合麻衣的个性。就在那时，她第一次冲口说出，"因为我绝对不想成为妈妈那样的人"。

最后麻衣以近乎离家出走的形式飞往法国，一年之后，带着一位在那边结识的法国青年回到了日本。丈夫气过了头，似乎情绪已经麻木，只说了一句"今后我不再管她的事了"，从此缄口。

到现在已经有五年了。麻衣如今和那个法国人在东京的一座公寓里同居，同时在一家外资高级酒店任职。她工作努力，目标是有朝一日能被调到酒店集团的总部去。而那个法国人好像在什么地方教法语，具体我们也不太清楚。

麻衣只带他见过我一次，是在惠比寿的一间餐厅里。虽然我邀请他们偶尔回家坐坐，但是麻衣好像并不想带他回那个"位于埼玉县乡下的昭和年代的老房子"。当我问她对将来有什么打算时，她也只是哼着鼻子笑了笑。据说，在法国已经没有人会在乎婚姻这种形式了。

在海外飞来飞去的工作。在日本和法国之间来来往往的生活。她的理想大概就是这样一种模式吧。确实，与困在一所老旧的房子里苟且度日，骑着自行车在家和附近超市之间往返的我相比，是截然相反的人生。

但是……

她一定不知道。虽然是不用想也会知道的事情，但是她却从未想过。那几乎就等同于不知道。并不算什么罪过。

我也有过二十岁。我也拥有过二十岁时的梦想。

家中餐厅的木板墙上，挂着一张镶在相框中的十二寸照片。那是从涸泽圈谷①的角度拍摄到的被旭日染红的穗高连峰。经历了三十五年的岁月，原本火红似燃的山色已经褪浅，变成了粉红。在当地报纸的摄影征集大赛中，这张照片获得了风景类别的银奖。那是我人生中唯一的一枚勋章。

相框正对着餐台这边我坐的位置。但是，家人却从来都没有留意过它。这张照片已经跟餐厅融为一体，不会专门映射到任何人的眼睛里。是的。就像我的梦想也消融在了那里一样。

麻衣还记得吗？在她将要或是刚刚上小学的时候，曾经问过我："这张照片是谁拍的？"我告诉她："是妈妈哦。妈妈还凭它得到了奖状呢！"当时，她还惊讶地瞪大了眼睛，连声说妈妈真了不起……

"您总是一个人出行吗？"

"……什么？"突然被老师问到，我一时没反应过来，"哦，不是，有时也会跟朋友一起结伴出游，不过最近经常是一个人。"

"看上去很有经验哪。从步伐和感觉就能看出来。还有，您为什么会喜欢新田次郎呢？"

我微笑着摇了摇头，"年轻的时候经常爬山，但是

① 涸泽是日本知名的冰河圈谷，即被冰河侵蚀而形成的巨型山谷，是日本最大规模的圈谷。

结婚以后就完全没有了。大概两年前，朋友邀请我加入登山小组，才又重拾旧好。不过空白期太长了也不行啊。不只是体力，注意力和判断力都下降了。这不，走错了路，反而给你们添了麻烦。"

"过去您在哪里爬山？"

"主要是北阿尔卑斯和南阿尔卑斯，偶尔也会去中央阿尔卑斯和北关东的山地①。然后，只爬过一次大雪山。所以对雪山也算是有过一点接触。"

"喔——那很了不起啊！"老师的目光落在了我的相机包上，"每次登山都会带着这部 New F-1 吗？"

"是啊，对于当时的我来说，是相当奢侈的一次消费。"

我隔着包抚摸着这个过去曾陪我一起做梦的搭档。

曾经，我想成为一名山岳摄影家。

从来没有对父母或是朋友提过。因为我觉得大家只会一笑了之。

虽说是山岳摄影，但是严冬期的阿尔卑斯的风景，凭我个人之力是很难拍摄到的。所以，我曾经天真地梦想着，到普通人可以抵达的地方，将那里的景色和植物拍摄下来，把山岳的魅力传送给他人。

我出生于埼玉县深谷市，在以务农为营生的父母

---

① 此处均指日本的阿尔卑斯山岳，位于本州岛的中部。"北阿尔卑斯"为飞驒山脉，"中央阿尔卑斯"为木曾山脉，"南阿尔卑斯"为赤石山脉。

身边长大。娘家那栋被大葱田包围的房子，至今还住着兄长一家人。

与山岳结缘，是在初中一年级的时候。当时的班主任老师是个爱山之人，暑假时，她带着我们五个学生一起去了南阿尔卑斯的仙丈岳。最开始因为是好朋友想去，我只是陪她。没想到，最后激动不已的却是我自己。

仙丈岳的山峰虽然海拔足有三千米，但新手也可以攀登。那真是一次难忘的体验。我们俯瞰着左手边雄伟壮阔的小仙丈圈谷，沿着毫无遮拦的平缓山岭攀登。翠绿的偃松与湛蓝的天空配色完美，构成一幅绝妙的图画。我被第一次身临其境的全景画面彻底震撼，心中甚至幻想，脚下的山路或许会一直通向天堂。

自那以后，我就经常央求老师让我加入她和朋友们的登山之旅。上了高中之后，那位老师也经常会邀请我。升学进了短大①，学校里有登山同好会。多了同龄人为伴，我的登山热情愈发高涨起来。

迷上高山植物也是在那期间。我渴望将那种高雅孤傲的美捕捉到胶片中去，便开始研究相机。利用夏季开山时期在八岳山庄打工，用挣到的钱买来的，就

---

① 日本设有短期大学，相对于普通4年制的大学而言，短期大学通常只需要3年以下即可毕业。

是这部 New F-1。我拿着它勤奋自学摄影技术，参加摄影比赛，向杂志投稿。

短大毕业之后，我就职于埼玉县内的一家糕点公司。也许，正因为自己每天都穿着制服，做着处理票据的枯燥工作，所以对山岳和摄影的热爱才从未消减。我渴望有一天能够正式学习摄影，还曾试着索寄过一些专业学校的宣传册，但最终还是望而却步。因为我连入学金都交不起。

我依然持续着周末登山活动，也继续投稿，获得的成果却只有那个银奖。那本来就是一个规模不大的摄影比赛，即便获奖大概也不会引起什么关注。我曾经想过，去拜著名的山岳摄影家为师，以助手的身份进行学习，却没有勇气付诸实施。可以说，我对我自身的才能还不够信任。

二十五岁那年，我在同事的婚礼上遇见了现在的丈夫。当然是他先过来搭讪的。我想，是那种笨拙的邀约方式解除了我的戒备。我们交换了联络方式，开始了交往。

每次约会我都会谈到山岳，他大概是刻意配合吧，说："我也想去爬爬山，在山屋客栈里住上一住呢。"从个人经验上来说，我一直认为，就因为是初次登山，才更应该去攀登一座具有一定高度的山峰，所以我决定带他去木曾驹岳。因为可以乘坐缆车一直到千叠敷。

我们开开心心地爬到山顶，在山屋客栈住了一晚，第二天早上，他的脸色非常差。但是他表示没关系，我们就按照原计划绕过浓池湖，在花田中漫游过之后下山。后来我才知道，在多人合宿的山屋客栈，硬邦邦的地铺让他几乎整夜未曾合眼。

想到他在那样的情况下都能体贴配合，坚持到最后，我曾经感动得一塌糊涂。如今想来，那也许只是一种要面子硬撑罢了。但是我想，那时的他，心里一定觉得都是为了我才会这么做。

与丈夫的登山活动到此为止，再无二度尝试。

第二年春天，我们举行了婚礼，组成了家庭。丈夫曾经鼓励我继续去爬山，但是刚刚过门的媳妇在公婆面前很难开口说，自己为了登山要出去几天才回来。过了一段时间，我就忘记了山岳，在为了做一个好媳妇而努力的过程中怀上了麻衣。

腹中有了个小生命，让我发自内心地感到快乐。我着手准备新生儿的衣服和尿布，将登山包和登山鞋都塞到了壁橱的深处。

虽然不再有机会使用 New F-1，但是每年我都会把它从盒子里拿出来擦拭保养，以免落灰受潮。每当那时，我都会感觉到心中的某种痛楚，但几年之后也逐渐淡去了。

我的梦想，就像轻度烧伤后的疤痕，自然而然地消失了——

"要不要歇一会儿？"

老师的目光看进了我的眼睛里。似乎，我脸上的表情比较让人担心。

"不用——"我马上扬起嘴角，"我一点问题都没有。"

"不用勉强。因为，我也要到极限了。"老师神态夸张地按着大腿。

*

登山道的转角有一块比较平整的岩石，我跟学生哥就在那里坐下。透过树枝间的空隙，已经可以看到山脚下的国道和再前面一些的湖泊。那个就是菅沼湖吧。

老师闲不住，走下斜坡，消失在树林中。

"这位老师真风趣啊！"我对学生哥说道。

"讲的笑话都是超冷的哦！"

"你们俩看上去是一个特别好的组合。你并不想辞掉研究室的工作吧？"

"嗯，"学生哥用手指弹着一个小石子儿，"不会辞。不能再继续堕落下去了，面子上也过不去嘛！"

"堕落？"

"我复读了两年哦。一直是以学医为目标。我的祖父和父亲，还有堂兄弟都是医生。嘻！医生之家偶尔也会生出一个笨蛋的，不是吗？我弟弟已经考入了医学院，所以，我就想，自己还是算了吧。"

"哦……"我轻轻地附和。

"然后呢，就随随便便地进了现在这所大学，打算到时候随随便便找个工作就行，但是念到大四的时候，如果不进研究室，毕业论文也成问题啊。我就想着找一个轻松一点的研究室，结果就被这个老师逮住了。他问我'你这个家伙，为什么成天都吊儿郎当地不求上进？'，我就跟他讲了刚才那些情况咯，他听了之后，高兴得要命。"

"为什么？"

"'我等的就是你这样的学生，来我们研究室，当一名火山医生吧。'他说。"

"火山医生——"虽然意思我大概能品出来……

"比如说吧，我的老师就像是这座日光白根山的家庭医生。关于它的喷发史和喷发特征，他比谁都清楚。他说：'不能拿起手术刀去切开人体，就拿起锤子去凿刻山体吧。成为一名火山医生，去拯救数十万、数百万人类的性命。'自己还越说越来劲呢！"

"说得真好啊！"

"不不不。"学生哥夸张地晃着脑袋，"最后上了他的贼船的，只有我啦！因为是个不受关注的研究室，特别缺人，简直就是来者不拒。"

"真的吗？"我笑着说。

"不过，'拯救生命'这种话，也确实让我招架不住。"

"到底是医生的血脉。"

"再加上——"学生哥弹出另外一颗小石子儿，"跟他一起做事，概率应该最高。"

"概率？什么概率？"

"将来，对自己所做的事情感兴趣，不后悔的概率。因为老师这个人啊，真心实意地认为自己做的事情是世界上最最有趣的。如果在那种认为工作很痛苦，得咬牙才能挺住的大叔手下干活，不可能会觉得有意思吧？"

"嗳——你的想法也很有意思。"

"因为，只做自己喜欢的事地活着，这样的成年人我还是头回见。看到世上居然真有这种人存在，那叫一个震惊。"

他的表达虽然很有年轻人的特征，但是我觉得自己能明白他的感受。一筹莫展的时候，他希望老师的生存方式能够感染到自己，想在一旁呼吸到同样的空气。为人师者，能让弟子作如是想，可谓人生至境了吧。

与之相比，身为一个家长的我——

我微微愣了一下，突然明白了。

我不会再犹豫了。并不是心理准备不足。

我只是不知道该向麻衣和晴彦说什么，该如何表达。我担心的是，自己没有尽力去让那两个孩子了解自己，到最后他们只是把我当作一个自作主张的母亲，这让我感到害怕……

身后的登山路上，一群中老年人有说有笑地走过。

"可是，会在哪里呢？山岳女孩。"学生哥突然冒出一句。

"真的呢。令人失望，全都是像我这样的老阿姨。"

"为什么大家全都来爬山呢？是不是说，养儿育女的工作已经告一段落了？"

"于我而言，可能还要加上一条，因为狗狗死了。"

"是这个吗？"学生哥指了指我挂在背包上的钥匙扣，上面有滴溜伸着舌头的照片，"刚才我就注意到了哟。"

"是。我把这个当作护身符。请它保护我不被野熊袭击。"

滴溜死于前年的初春。十五岁，也算是长寿吧。

它是麻衣同班同学家的狗狗生下的三只小狗崽之一。麻衣当时正上小学，再三央求要收养过来，并保证会负责照顾。名字是麻衣给取的，因为接过来时，一叫它，它就会抬起小脑瓜，眼珠滴溜溜地盯着人看，滴溜。虽然是串种，却长着一身漂亮的狐狸色的皮毛。

小的时候，麻衣和晴彦都帮忙照料。几年之后他们上了初中、高中，忙于社团活动和课外补习，早晚遛狗和喂食就完全变成了我一个人的工作。

滴溜跟其他家人一样，也剜刻了我的爱。但是，它对我的需求比其他任何人都纯粹，它毫无保留地与我进行感情的互动。它会舔舐自己剜刻出的伤口。

最后，滴溜罹患心脏疾病住进了动物医院，在出院回家的车里，死在了我的怀抱中。那种巨大的失落感，我第一次体会到。

经常在相同时段遛狗而熟悉起来的邻居加入了登山俱乐部。她大概注意到了我失魂落魄的样子，便邀请我跟她一起去爬山。在参加了几次行山集体活动之后，很快，我也开始独自一人爬山了。

走在山路上，闻着树木的清香，沉睡在心中的各种记忆和感情开始苏醒过来。每当我站在山顶深深呼吸，都感觉自己重新回到了自己的身上……

"跟老师来过几次了？"我问学生哥。

"这是第二次。"

"没有喜欢上？"

"背着石头爬山的时候，就会想，再也不来了。可是下了山一旦卸下背包，就会有那么一点儿想，还可以再来……嗯，就一点儿，大概有一毫米那么多吧。"

我越来越觉得，人与人的相遇是那么的神奇。人生旅途的岔路口，并不是从一开始就画在地图上的。人与人偶然的相识，会不经意地分出一个岔路口。

这位学生哥和那位老师便是如此。而我与他们二人的相遇或许也属于这种情况。

去年夏天。我重拾登山运动之后，首次攀登了南阿尔卑斯，住宿在山上。是独自出行。那座夹在甲斐驹岳和仙丈岳之间的山脉貌似萧索，但实际上却作为一座高山植物的宝库而闻名。放置多年的 New F-1 时隔三十年重见天日，也是在那次。

那天的天气非常好，我很顺利地爬到了八合目，打算在那里的一间规模很小的山屋客栈住宿。客栈建在森林边界的正上方，位置非常好。翘首而望，山陵险峻、偃松凛然的壮丽的冰川圈谷尽收视野。

接近黄昏，我正在客栈旁将镜头对准盛开着的虎皮百合，突然有人跟我搭话："真是令人怀念的相机啊。"这，就是我跟那个人的相遇……

老师分开草丛爬上了斜坡。看到他的身影，学生哥放低声音对我说："刚才那些话，不要告诉老师哦！不然，那个人马上就会得意忘形。"

"明白。"

老师来到了登山道，目光敏锐地在学生哥和我的脸上扫来扫去："刚才说我坏话了吧？"

"还能有什么别的话题吗？"学生哥马上理所当然地回道。

我们走下山谷，穿过竹林，看到一块大指示牌。登山口马上就要到了。

舒缓的林道渐渐变宽。我走在老师和学生哥的中间，三个人并排行进。时间马上就要到五点半了。夕阳的光线透过林木间的缝隙洒落下来，令人炫目。

从刚才开始，我就有一种想放缓脚步的冲动。如果只有我自己的话，也许真的会那么做。

就这样下山合适吗？我还没有找到应该对孩子们说的话。

起风了，能感到一点潮气。天气预报说明天开始，又要重返梅雨天气。

一阵劲风迎面吹来，在我的左边，学生哥张开双臂，"啊——舒畅！"

那是从疲劳的身体内部发出来的声音。走在我右边的老师转过头来："呐？"

"什么？呐什么？"

学生哥的声音越过我的头顶，反问道。老师的眼角聚起了笑纹："山，好吧？"

听到这里，我蓦地停下了脚步。

山，好吧……

我从来没有说过这样的话。

为什么我一次都没有带自己的孩子们到山里来呢？为什么我没有将自己曾经的人生展现给孩子们看呢？为什么我从来都没在两个孩子面前热烈地谈论过山岳的魅力呢？

我最大的失败，一定就是这个……

老师和学生哥有些吃惊地回头看着我。"对不起，我没事。"我小跑着追上了他们。

现在开始，还来得及吗？不，要让它来得及。不需要说明。对孩子们要说的话，只有这句就好。

我下定了决心。

菅沼登山口的停车场，登山客们正在解开鞋带，准备打道回府。

老师的车是一部轮胎巨大的四驱车。学生哥将背包放进后备箱，说了句"我去找台自售机，想喝个碳酸饮料"，便朝咖啡馆的方向走去。

我从背包的顶袋中拿出手机，对老师说："我可以打个电话吗？"

"给家里？"

我轻声答道，"不是。"我从来电名单中搜寻着号码，想趁着心意未变，赶紧把想法告知对方。

几声铃响之后，对方接起了电话。接电话的正是他本人。简单地寒暄过后，我说道："我已经想好了。下周我会到您那里去。"

简洁地回答了对方的问题之后，我最后说了句"请多关照"，顺利地结束了通话。

也许是因为看到我神情轻松，面带微笑，让人觉得问也无妨，老师张了口："定下来什么事情了？"

"买下一座山屋客栈。"

"啊？！"老师惊讶地睁圆了眼睛："哪里，在哪里？！"

"南阿尔卑斯。"

"为什么突然……"

那天，就在我将镜头对准虎皮百合时，过来搭话的，是山屋客栈的主人。他似乎对单独出游、拿着一个古董般的相机拍照的我发生了兴趣。

晚饭之后，在餐厅，我跟主人聊了起来，他今年已经七十五岁了。过去一直是夫妻两人经营着这家小客栈，雇佣一些打零工的学生。但是妻子在前一年过世，店主人也长年受到风湿病的困扰，正在考虑将山屋兑出去。

一般来讲，在国立公园里，个人是不能新设山屋的。只有从很早以前就开始有的山屋客栈才被获准营业，也就是说可以拥有既得权益。其实，北阿尔卑斯和南阿尔卑斯的山屋客栈盈利颇丰。所以不愁有个人和公司上门来请求出让。

听我这样说，老人马上摇着头表示，"那些以赚钱为目的的人，出多少钱我也不想出让。"并且加上一句，"最好是像你这种真正爱山的人，我才能放心交出去。"我顺着他的话，表示"能在这样的地方过日子，拍拍照，真是梦幻般的生活"。没想到店主认真起来，对我说："先多来几次，感受感受！"

并没有真的想买，但是那年我还是像被什么吸引着一样，去了那座山两次，住在山屋客栈。夏天过去，就是红叶季节了。每次去，我们都会谈到关于客栈承接的问题，并渐渐地越来越具体化。

我曾经问过店主，究竟是看中了我哪一点。店主笑眯眯地说道："你的相机啊。"他还说："对待物品如果不能做到用得精心，使得长久，是当不了山屋客栈的主人的。"

　　上个月，我第四次拜访，定下了这样一个计划，之后就看我有没有决心了。首先，从今年夏天开始，到那里去工作，学习经营方法。以三年可以独立经营为目标。店主即便退休，也依然会生活在山脚下的小镇，如果有什么事情还可以求助。

　　关于店铺的转让，对方提出的条件并不苛刻。先拿出能负担得起的金额算作预付款，之后从每年的盈利当中支付一定的百分比就可以。

　　营业期间从五月中旬到十月下旬，一年当中，大约会有一半的时间不在埼玉的家中，而是要深入山里。丈夫和晴彦，就让他们自己照顾好自己。如果婆婆提出需要有人服侍，那只能请她在那段时期住到小姑家去。小姑住在大宫，也没什么不方便的。

　　当然，接下来就是要告知家人。

　　听完了我的讲述，老师还是一脸难以置信的表情，他缓缓地摇着头："这，简直是我这些年来听到的，最最让人羡慕的事情了。"

　　学生哥刚好回来，手中拿着一瓶包装花哨的饮料。

"喂，下次咱们上山！"老师突兀地说道。

"哈？这不是刚下山吗？"

"不是采石头！是去这位女士的山屋客栈去住宿。南阿尔卑斯。最棒了！"

年轻人依然一头雾水，他歪了歪脑袋，拧开饮料瓶的盖子，咕嘟咕嘟地喝了起来。

只见他叼住瓶嘴，大口地将饮料灌进喉咙。额头上的汗滴在夕阳的照耀下熠熠闪光。年轻真好。

我想象着。

晴彦会到我的山屋客栈来吗？也会气喘吁吁地卸下登山包，接过我递过去的水咕嘟咕嘟地一口气喝干，让我看到这种年轻的气势吗？

那时，我一定会笑着对他说，"山，好吧？"如果他回答"还行，比我想象的好一点"，我就会问他："要不要在山屋客栈帮忙做事？"

麻衣会来吗？跟那个法国青年一起，或许还会带着一个可爱的金发宝宝来。她会不会觉得，在山屋客栈里吃到的咖喱饭也很美味，即便跟她工作的高级酒店的法国料理相比，也毫不逊色？

丈夫也会来吗？在那个艰苦难眠的客栈里，他不也陪着我住过一晚吗？像当年那样，为了我忍耐一下吧。

虽然觉得很有难度，但是我非常想将家里的那张餐桌搬到山屋客栈去。就放在餐厅的角落，作为我和家人的专用餐台。

在那张刻满了细小伤痕的餐桌四周，家人围坐在一起，这样的机会还会有的吧。

后记

在执笔本书的过程中，幸承长屋幸一先生、下条将德先生、北海道大学化石矿物俱乐部"Shuma 会"的各位成员提出的宝贵意见。

第二篇《星六花》中出现的"首都圈雪花结晶项目"是以气象厅气象研究所荒木健太郎先生的"关东雪花结晶项目"（请参见参考文献）为原型。

第四篇《天王寺沉积间断》中，出现了笔者极为尊敬的蓝调吉他手内田勘太郎的名字，但内田先生与这则故事以及出场人物没有任何关系。

第五篇《外星人食堂》中提到的"一百三十八亿年前的氢元素"，是根据早野龙五先生和丝井重里先生的对谈《想知道的事》（『知ろうとすること。』）中的第五章（参见参考文献）的内容联想而得。

借此机会向各位深致谢忱。谢谢。

参考文献

《云中发生了什么？》(『雲の中では何が起こっているのか』)，荒木健太郎著，Beret 出版社（2014）。

《菊石学：已灭绝生物的知·形·美》(『アンモナイト学 絶滅生物の知·形·美』)（国立科学博物馆丛书②），重田康成著，国立科学博物馆编，东海大学出版会（2001）。

《标本学：自然史标本的收集和管理》(『標本学 自然史標本の収集と管理』)（国立科学博物馆丛书③），国立科学博物馆编，东海大学出版会（2003）。

《人类与气候的十万年史：从前发生过的，未来将会发生的》(『人類と気候の10万年史 過去に何が起きたのか、これから何が起こるのか』)，中川毅著，讲谈社（2017）。

《内田勘太郎：蓝调漂流记》(『内田勘太郎 ブルース漂流記』)，内田堪太郎著，Rittor-music（2016）。

《想知道的事》(『知ろうとすること。』),早野龙五、丝井重里著,新潮文库(2014)。

《土星的卫星泰坦上存在生命体!寻找"地球外生物"的最新研究》(『土星の衛星タイタンに生命体がいる!「地球外生命」を探す最新研究』),关根康人著,小学馆新书(2013)。

《群马县的山》(『群馬県の山』)(各县登山指南09),太田徒步俱乐部著,山与溪谷出版社(2016)。

《关东·甲信越的火山Ⅰ》(『関東・甲信越の火山Ⅰ』)(野外指南 日本的火山①),高桥正树、小林哲夫编,筑地书馆(1998)。

《歌集:不笑的木瓜》(『歌集 笑わぬ木瓜』),吉原和子著,短歌研究社(2002)。

《挑夫传·孤岛》(『強力伝・孤島』),新田次郎著,新潮文库(1965)。

《太古时,月亮很近》(「太古、月は近かった」),大江昌嗣《地球家园的新视点 地球·生命·环境的共同进化》(『生きている地球の新しい見方 地球·生命·環境の共進化』)第十三集"大学与科学",公开学会组织委员会编,KUBSPRO(1999)。

《日光火山群、日光白根火山以及三岳火山的地质和岩石》(「日光火山群、日光白根火山および三岳火山の地質と岩石」),佐佐木实、桥野刚、村上浩著,弘前大学理科报告四十卷一号（1993）。

气象厅气象研究所《关东雪花结晶项目》。http://www.mri-jma.go.jp/Dep/fo/fo3/araki/snowcrystals.html。

宇宙航空研究开发机构 宇宙空间站·希望广报·信息中心。http://iss.jaxa.jp/iss/。

高能加速器研究机构。https://www.kek.jp/ja/。